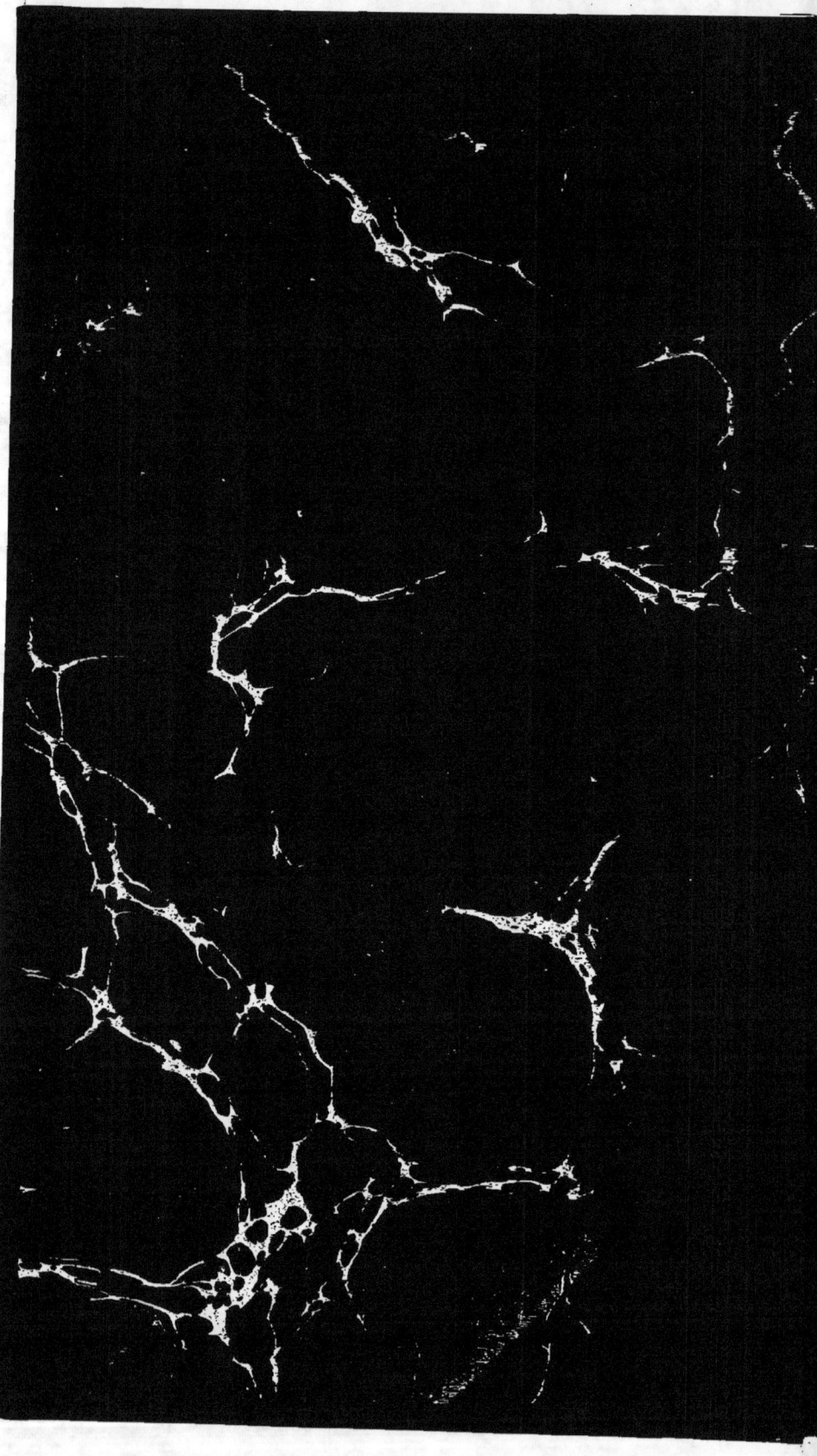

X

PLAIDOYER

DE CICÉRON

POUR MILON

DE L'IMPRIMERIE DE CRAPELET

RUE DE VAUGIRARD, N° 9

PLAIDOYER
DE CICÉRON
POUR MILON

AVEC

LA TRADUCTION FRANÇAISE DE GUEROULT

ANNOTÉE

PAR M. SOMMER
ANCIEN ÉLÈVE DE L'ÉCOLE NORMALE

PARIS
LIBRAIRIE DE L. HACHETTE
RUE PIERRE—SARRAZIN, N° 12

1845

ARGUMENT ANALYTIQUE.

L'an de Rome 700, Milon demandait le consulat, et Clodius, son ennemi personnel, briguait la préture. Il était évident pour celui-ci qu'un consul tel que Milon le gênerait beaucoup dans l'exercice de sa magistrature : un double intérêt de politique et de vengeance lui fit tout employer pour l'écarter du consulat. Il s'attacha fortement à ses rivaux; les esprits s'échauffèrent; chacun avait son armée, et les deux partis en vinrent aux mains.

Ces troubles différèrent longtemps l'élection des consuls : une rencontre malheureuse, où périt Clodius, ruina toutes les espérances de Milon. Le hasard seul amena ce fatal événement. Ils se rencontrèrent sur la voie Appia, le 20 janvier 701. Clodius revenait de la campagne, à cheval, avec trois amis et une suite de trente esclaves armés. Milon était en voiture avec sa femme; sa suite était plus nombreuse; on y comptait même quelques gladiateurs.

Les esclaves prirent aisément querelle : Clodius s'étant retourné au bruit, menaça et frappa les gens de Milon. Un des gladiateurs lui perça l'épaule d'un coup de lance. On le porta dans une auberge. Instruit de ce qui se passe, Milon pense que, Clodius étant blessé, le plus mauvais parti est de le laisser vivre; en conséquence, il ordonne à ses gens de forcer l'auberge, et de le tuer. L'ordre est exécuté.

Le corps de Clodius, transporté à Rome, fut exposé tout sanglant sur la tribune, et ses partisans lui dressèrent un bûcher dont la flamme se communiqua au palais du sénat et aux basiliques voisines, qu'elle réduisit en cendres. Cet incendie causa encore plus d'indignation que la mort de Clodius.

Alors Milon, dont les ennemis s'étaient rendus odieux par leurs excès, osa rentrer dans Rome : il essaya de se justifier devant l'assemblée du peuple; il fit distribuer de l'argent; mais cette dépense produisit peu d'effet. Les tribuns continuèrent d'irriter la multitude contre lui.

Dans cet état de trouble et d'anarchie, le 25 février, Pompée fut créé consul, sans collègue; et bientôt, sur une loi portée par ce magistrat unique, Milon fut accusé devant une commission extraordinaire. Les accusateurs étaient Appius, neveu de Clodius, M. Antonius et P. Valérius Népos.

Cicéron le défendit seul, le 8 avril, mais il fut moins heureux pour lui qu'il ne l'avait été pour tant d'autres accusés. Il était naturellement timide; et dans cette occasion, la vue des soldats dont la place était environnée, les clameurs des partisans de Clodius, et peut-être plus encore la présence de Pompée, qu'il savait prévenu contre Milon, tout semblait se réunir pour le déconcerter. Il fut quelque temps à se remettre, et parvint avec peine à se faire écouter : mais il ne put jamais revenir de cette première impression qui avait affaibli toute sa plaidoirie, et ne lui permit pas de déployer tous ses moyens.

Nous n'avons pas le discours qu'il prononça, et qui subsistait encore au temps d'Asconius Pédianus (*Argum. orat. pro Milone*) et de Quintilien (*Instit. orat.* IV, 4). Celui qui nous reste a été composé après le jugement du procès. Il a toujours passé pour un des chefs-d'œuvre de Cicéron. Nous y trouvons toutes les parties dont un discours peut se composer, et chacune est parfaite dans son genre. On admire la modestie et la douceur insinuante de l'exorde, l'énergie et la chaleur de la réfutation, l'adresse et la netteté de la narration, la méthode, la clarté, la force du raisonnement dans la première partie de la confirmation, et dans la seconde la véhémence des mouvements oratoires, mais surtout le pathétique tou-

chant qui anime la péroraison. Aussi, lorsque Milon reçut ce plaidoyer qui lui avait été envoyé dans son exil, il s'écria : O Cicéron!
si vous aviez parlé ainsi, je ne mangerais pas d'aussi bon poisson
à Marseille. *O Cicero! si sic dixisses, non ego barbatos pisces Massiliæ
ederem.*

Cicéron, lorsqu'il plaida cette cause, avait cinquante-cinq ans.

ORATIO

PRO T. A. MILONE.

I. Etsi vereor, judices, ne turpe sit, pro fortissimo viro dicere incipientem, timere, minimeque deceat, quum T. Annius ipse magis de reipublicæ salute, quam de sua, perturbetur [1], me ad ejus causam parem animi magnitudinem afferre non posse; tamen hæc novi judicii nova forma [2] terret oculos, qui, quocumque inciderint, veterem consuetudinem fori et pristinum morem judiciorum requirunt. Non enim corona consessus vester cinctus est, ut solebat; non usitata frequentia nos stipati sumus [3].

Nam illa præsidia, quæ pro templis omnibus cernitis [4], etsi contra vim collocata sunt, non afferunt tamen oratori aliquid [5], ut in foro et in judicio, quanquam præsidiis salutaribus et necessariis septi sumus, tamen ne non timere quidem sine aliquo timore possimus. Quæ si opposita Miloni putarem, cederem tempori, judices, nec inter tantam vim armorum existimarem oratori locum esse. Sed me recreat et reficit Cn. Pompeii, sapientissimi et justissimi viri, consilium: qui profecto nec justitiæ suæ putaret esse, quem reum sententiis judicum tradidisset, eumdem telis militum dedere; nec sapientiæ, temeritatem concitatæ multitudinis auctoritate publica armare.

Quamobrem illa arma, centuriones, cohortes, non periculum nobis, sed præsidium denuntiant; neque solum ut quieto, sed etiam ut magno animo simus, hortantur; neque auxilium modo defensioni meæ, verum etiam silentium pollicentur. Reliqua vero multitudo, quæ quidem est civium, tota nostra est; neque eorum quisquam, quos undique in-

PLAIDOYER

POUR T. A. MILON.

I. Juges, il est honteux peut-être de trembler au moment où
j'ouvre la bouche pour défendre le plus courageux des hommes;
peut-être, lorsque Milon, oubliant son propre danger, ne s'occupe
que du salut de la patrie, je devrais rougir de ne pouvoir apporter
à sa cause une fermeté d'âme égale à la sienne; mais, je l'avoue, cet
appareil nouveau d'un tribunal extraordinaire effraye mes regards :
de quelque côté qu'ils se portent, ils ne retrouvent ni l'ancien usage
du forum, ni la forme accoutumée de nos jugements. Cette enceinte où vous siégez n'est plus aujourd'hui environnée par la foule,
et nous n'avons pas à nos côtés cette multitude qui se pressait pour
nous entendre.

Les troupes que vous voyez remplir les portiques de tous ces temples, quoique destinées à repousser la violence, ne sont pas faites cependant pour rassurer l'orateur : quelque utile, quelque nécessaire
même que soit leur présence, elle ne peut empêcher que, dans le forum et devant un tribunal, un sentiment de crainte ne se mêle toujours à la confiance qu'elle nous inspire. Si je croyais que ces forces
fussent armées contre Milon, je céderais aux circonstances, et je ne
penserais pas qu'on dût rien attendre de l'éloquence contre la puissance des armes. Mais les intentions d'un citoyen aussi juste, aussi
sage que Pompée, me rassurent et dissipent mes craintes. Sans doute
sa justice lui défendrait de livrer au fer des soldats un accusé qu'il a
remis au pouvoir des juges, et sa prudence ne lui permettrait pas
d'armer de l'autorité publique les fureurs d'une multitude égarée.

Ainsi donc ces armes, ces centurions, ces cohortes, nous annoncent
des protecteurs, et non des ennemis; ils doivent, je ne dis pas calmer
nos inquiétudes, mais nous remplir de courage; ils me promettent,
non pas seulement un appui, mais le silence dont j'ai besoin. Le
reste de l'assemblée, je parle des citoyens, nous est entièrement favorable; et parmi cette foule de spectateurs que vous voyez, dans l'at-
tente de ce jugement, fixer ici leurs regards, de tous les lieux d'où

tuentes, unde aliqua pars fori adspici potest, et hujus exitum judicii videtis exspectantes, non, quum virtuti Milonis favet, tum de se, de liberis suis, de patria, de fortunis hodierno die decertari putat.

II. Unum genus est adversum infestumque nobis, eorum, quos P. Clodii furor rapinis et incendiis et omnibus exitiis publicis pavit[1]; qui hesterna etiam concione incitati sunt, ut vobis voce præirent, quid judicaretis[2]. Quorum clamor, si qui forte fuerit, admonere vos debebit, ut eum civem retineatis, qui semper genus illud hominum clamoresque maximos pro vestra salute neglexit. Quamobrem adeste animis, judices, et timorem, si quem habetis, deponite. Nam, si unquam de bonis et fortibus viris, si unquam de bene meritis civibus potestas vobis judicandi fuit, si denique unquam locus amplissimorum ordinum delectis viris[3] datus est, ubi sua studia erga fortes et bonos cives, quæ vultu et verbis sæpe significassent, re et sententiis declararent; hoc profecto tempore eam potestatem omnem vos habetis, ut statuatis, utrum nos, qui semper vestræ auctoritati dediti fuimus, semper miseri lugeamus, an, diu vexati a perditissimis civibus, aliquando per vos ac vestram fidem, virtutem sapientiamque recreemur.

Quid enim nobis duobus[4], judices, laboriosius? quid magis sollicitum, magis exercitum dici aut fingi potest? qui, spe amplissimorum præmiorum ad rempublicam adducti, metu crudelissimorum suppliciorum carere non possumus. Equidem ceteras tempestates et procellas, in illis duntaxat fluctibus concionum, semper putavi Miloni esse subeundas, quod semper pro bonis contra improbos senserat : in judicio vero, et in eo consilio, in quo ex cunctis ordinibus amplissimi viri judicarent, nunquam existimavi spem ullam esse habituros Milonis inimicos, ad ejus non salutem modo exstinguendam, sed etiam gloriam per tales viros infringendam.

Quanquam in hac causa, judices, T. Annii tribunatu[5], rebusque omnibus pro salute reipublicæ gestis, ad hujus criminis defensionem non abutemur, nisi oculis videritis insidias Miloni a Clodio esse factas ; nec deprecaturi sumus, ut crimen hoc nobis multa propter præclara in rempublicam merita condonetis; nec postulaturi, ut, si mors P. Clodii salus vestra

l'on peut apercevoir quelque partie du forum, il n'est personne qui ne forme des vœux pour Milon ; personne qui, dans la cause de ce vertueux citoyen, ne retrouve sa propre cause, celle de ses enfants, de sa patrie, et de ses plus chers intérêts.

II. Une seule classe nous est contraire ; et nos seuls ennemis sont les hommes que la fureur de Clodius a nourris par les rapines, par les incendies et par tous les désastres publics. Dans l'assemblée d'hier, on les a même excités à vous prescrire hautement l'arrêt qu'ils veulent que vous rendiez. Leurs cris, s'ils osent se faire entendre, doivent vous avertir de conserver un citoyen qui toujours brava pour vous les gens de cette espèce et les plus insolentes clameurs. Que vos âmes s'élèvent donc au-dessus de toutes les craintes ; car si jamais vous avez eu le pouvoir de prononcer sur des hommes braves et vertueux, sur des citoyens distingués par leurs services ; si jamais des juges choisis dans les ordres les plus respectables ont eu l'occasion de manifester, par des effets et par un arrêt solennel, cette bienveillance que leurs regards et leurs paroles ont tant de fois annoncée aux gens de bien, ce moment heureux est arrivé : vous êtes les maîtres de décider si nous sommes pour jamais condamnés aux larmes, nous qui fûmes toujours dévoués à votre autorité, ou si nous pouvons, après tant de persécutions, attendre enfin de votre équité, de votre courage, de votre sagesse, quelques adoucissements à nos longues infortunes.

En effet, quelle existence plus pénible que la nôtre ! quels tourments ! quelles épreuves ! Nous avions consacré nos soins à la république dans l'espoir des récompenses les plus honorables, et nous sommes réduits à craindre les plus cruels supplices. Dans le tumulte des factions populaires, sans doute l'effort de la tempête a dû retomber sur Milon, puisque, fidèle aux bons citoyens, il s'est toujours déclaré contre les méchants ; mais que dans un jugement, que dans un tribunal composé de l'élite de tous les ordres, ses ennemis aient pu compter sur des juges tels que vous, non-seulement pour proscrire sa vie, mais même pour flétrir sa gloire, c'est à quoi je ne me suis jamais attendu.

Cependant je ne parlerai, dans cette cause, du tribunat de Milon et de tout ce qu'il a fait pour la patrie, qu'après que j'aurai démontré que Clodius a cherché à lui arracher la vie ; je ne réclamerai point votre indulgence comme le prix des services qu'il a rendus à l'État ; et si la mort de Clodius a été votre salut, je n'exigerai pas de votre

fuerit, idcirco eam virtuti Milonis potius, quam populi romani
felicitati assignetis. Sin illius insidiæ clariores hac luce fuerint, tum denique obsecrabo obtestaborque vos, judices, si
cetera amisimus, hoc saltem nobis ut relinquatur, ab inimicorum audacia telisque vitam ut impune liceat defendere.

III.. Sed, antequam[1] ad eam orationem venio, quæ est
propria nostræ quæstionis, videntur ea esse refutanda, quæ
et in senatu ab inimicis sæpe jactata sunt, et in concione
sæpe ab improbis, et paulo ante ab accusatoribus; ut, omni
errore sublato, rem plane, quæ venit in judicium, videre
possitis.

Negant intueri lucem esse fas ei, qui a se hominem occisum
esse fateatur. In qua tandem urbe hoc homines stultissimi
disputant? nempe in ea, quæ primum judicium de capite vidit
M. Horatii[2], fortissimi viri, qui, nondum libera civitate,
tamen populi romani comitiis liberatus est, quum sua manu
sororem interfectam esse fateretur. An est quisquam qui hoc
ignoret, quum de homine occiso quæratur, aut negari solere
omnino esse factum, aut recte ac jure factum esse defendi?
Nisi vero existimatis dementem P. Africanum fuisse, qui,
quum a C. Carbone, tribuno plebis, in concione seditiose in-
terrogaretur, quid de Tib. Gracchi morte sentiret, respondit,
jure cæsum videri. Neque enim posset aut Ahala ille Servilius, aut P. Nasica, aut L. Opimius[3], aut C. Marius, aut,
me consule[4], senatus non nefarius haberi, si sceleratos cives
interfici nefas esset. Itaque hoc, judices, non sine causa
etiam fictis fabulis doctissimi homines memoriæ prodiderunt,
eum, qui patris ulciscendi causa matrem necavisset, variatis
hominum sententiis, non solum divina, sed etiam sapientis-
simæ deæ sententia liberatum[5]. Quod si duodecim Tabulæ
nocturnum furem, quoquo modo, diurnum autem, si se telo
defenderit, interfici impune voluerunt; quis est, qui, quoquo
modo quis interfectus sit, puniendum putet, quum videat
aliquando gladium nobis ad occidendum hominem ab ipsis
porrigi legibus?

IV. Atqui, si tempus est ullum jure hominis necandi, quæ
multa sunt, certe illud est non modo justum, verum etiam
necessarium, quum vi vis illata defenditur. Pudicitiam quum

reconnaissance que vous en fassiez hommage au courage de Milon plutôt qu'à la fortune du peuple romain. Mais quand le crime de son odieux rival sera devenu pour vous plus clair que le jour, alors enfin je supplierai, je demanderai en grâce que, si nous avons perdu tout le reste, on nous laisse du moins le droit de défendre nos jours contre l'audace et les armes des assassins.

III. Avant que de traiter le point essentiel de la question, je crois devoir réfuter les objections qui ont été souvent hasardées dans le sénat par nos ennemis, souvent répétées par les factieux dans l'assemblée du peuple, et qui tout à l'heure encore viennent d'être reproduites par nos accusateurs : les préventions une fois dissipées, vous verrez clairement l'objet sur lequel vous avez à prononcer.

Ils prétendent que tout homme qui se reconnaît homicide ne peut plus jouir de la vie. Eh! dans quelle ville osent-ils soutenir une telle absurdité? C'est à Rome, où le premier jugement capital a été celui d'Horace, de ce brave guerrier, qui, du temps même des rois, avant l'époque de notre liberté, fut absous par le peuple, quoiqu'il confessât avoir tué sa propre sœur. Qui ne sait que, lorsqu'on informe d'un meurtre, l'accusé nie le fait, ou se défend par le droit? Dira-t-on que Scipion l'Africain avait perdu le jugement, lorsque Carbon lui demandant en pleine assemblée ce qu'il pensait de la mort de Tib. Gracchus, il répondit à ce tribun séditieux que ce meurtre lui semblait légitime? Et comment justifier Servilius Ahala, P. Nasica, Opimius, Marius? comment absoudre le sénat entier, sous mon consulat, si l'on ne pouvait, sans offenser le ciel, ôter la vie à des scélérats? Ce n'est donc pas sans raison que dans leurs ingénieuses fictions les sages de l'antiquité nous ont transmis que, les opinions de l'Aréopage ayant été partagées, un fils qui, pour venger son père, avait tué sa mère, fut absous par un suffrage divin, par celui de la plus sage des déesses. Si les lois des douze Tables ont voulu qu'un voleur puisse être tué impunément pendant la nuit, en quelque état qu'il se trouve, pendant le jour, lorsqu'il se défend avec une arme offensive, comment peut-on penser que l'homicide, de quelque manière qu'il ait été commis, ne puisse être pardonné, surtout quand on voit que les lois, en certaines occasions, nous présentent elles-mêmes le glaive pour en frapper un homme?

IV. Or, si jamais il est des circonstances, et il en est un grand nombre, où le meurtre soit légitime, assurément il est juste, il devient même nécessaire, lorsqu'on repousse la force par la force. Un

1.

eriperet militi tribunus[1] in exercitu C. Marii, propinquus ejus imperatoris, interfectus ab eo est, cui vim afferebat. Facere enim probus adolescens periculose, quam perpeti turpiter, maluit : atque hunc ille vir summus, scelere solutum, periculo liberavit. Insidiatori vero et latroni quæ potest inferri injusta nex?

Quid comitatus nostri, quid gladii volunt? quos habere certe non liceret, si uti illis nullo pacto liceret. Est igitur hæc, judices, non scripta, sed nata lex; quam non didicimus, accepimus, legimus, verum ex natura ipsa arripuimus, hausimus, expressimus; ad quam non docti, sed facti, non instituti, sed imbuti sumus : ut, si vita nostra in aliquas insidias, si in vim, si in tela aut latronum aut inimicorum incidisset, omnis honesta ratio esset expediendæ salutis[2]. Silent enim leges inter arma, nec se exspectari jubent, quum ei, qui exspectare velit, ante injusta pœna luenda sit, quam justa repetenda.

Etsi persapienter, et quodam modo tacite, dat ipsa lex potestatem defendendi; quæ non modo hominem occidi, sed esse cum telo hominis occidendi causa vetat; ut, quum causa, non telum quæreretur, qui sui defendendi causa telo esset usus, non hominis occidendi causa habuisse telum judicaretur. Quapropter hoc maneat in causa, judices. Non enim dubito, quin probaturus sim vobis defensionem meam, si id memineritis, quod oblivisci non potestis, insidiatorem jure interfici posse.

V. Sequitur illud, quod a Milonis inimicis sæpissime dicitur, cædem, in qua P. Clodius occisus est, senatum judicasse contra rempublicam esse factam[3]. Illam vero senatus non sententiis suis solum, sed etiam studiis comprobavit. Quoties enim est illa causa a nobis acta in senatu! quibus assensionibus universi ordinis! quam nec tacitis, nec occultis! Quando enim, frequentissimo senatu, quatuor, ad summum quinque sunt inventi, qui Milonis causam non probarent? Declarant hujus ambusti tribuni plebis illæ intermortuæ conciones[4], qui-

tribun, parent de Marius, voulut attenter à la vertu d'un jeune soldat ;
il fut tué. Cet honnête jeune homme aima mieux hasarder ses jours
que de souffrir une infamie ; et son illustre général le déclara non
coupable, et le délivra de tout danger. Quoi donc ! tuer un brigand
et un assassin serait un crime ?

Eh ! pourquoi prendre des escortes dans nos voyages ? pourquoi
porter des armes ? Certes, il ne serait pas permis de les avoir, s'il
n'était jamais permis de s'en servir. Il est en effet une loi non écrite,
mais innée ; une loi que nous n'avons ni apprise de nos maîtres, ni
reçue de nos pères, ni étudiée dans nos livres : nous la tenons de la
nature même ; nous l'avons puisée dans son sein ; c'est elle qui nous
l'a inspirée ; ni les leçons, ni les préceptes ne nous ont instruits à la
pratiquer ; nous l'observons par sentiment ; nos âmes en sont péné-
trées. Cette loi dit que tout moyen est honnête pour sauver nos jours,
lorsqu'ils sont exposés aux attaques et aux poignards d'un brigand
et d'un ennemi : car les lois se taisent au milieu des armes ; elles
n'ordonnent pas qu'on les attende, lorsque celui qui les attendrait serait victime d'une violence injuste avant qu'elles pussent lui prêter une
juste assistance.

Mais la sagesse de la loi nous donne elle-même d'une manière tacite le droit de repousser une attaque, puisqu'elle ne défend pas seulement de tuer, mais aussi de porter des armes dans l'intention de
tuer : elle veut que le juge examine le motif, et prononce que celui
qui a fait usage de ses armes pour sa défense, ne les avait pas prises
dans le dessein de commettre le meurtre. Que ce principe reste donc
constamment établi, et je ne doute point du succès de ma cause, si
vous ne perdez pas de vue, ce qu'il vous est impossible d'oublier,
que nous avons droit de donner la mort à qui veut nous ôter la vie.

V. Une seconde objection souvent présentée par nos ennemis, c'est
que le sénat a jugé que le combat où Clodius a péri est un attentat
contre la sûreté publique. Cette action cependant, le sénat l'a constamment approuvée, non-seulement par ses suffrages, mais par les
témoignages éclatants de sa bienveillance pour Milon. Combien de
fois cette cause a-t-elle été discutée dans le sénat, avec une faveur
hautement manifestée par l'ordre tout entier ! En effet, dans les assemblées les plus nombreuses, s'est-il jamais rencontré quatre sénateurs, ou cinq tout au plus, qui aient été contraires à Milon ? Je ne
veux d'autres preuves que les harangues avortées de ce tribun incen-

bus quotidie meam potentiam invidiose criminabatur, quum
diceret senatum, non quod sentiret, sed quod ego vellem,
decernere. Quæ quidem si potentia est appellanda potius,
quam propter magna in rempublicam merita mediocris in bonis
causis auctoritas, aut propter officiosos labores meos nonnulla
apud bonos gratia, appelletur ita sane, dummodo ea nos
utamur pro salute bonorum contra amentiam perditorum.

Hanc vero quæstionem, etsi non est iniqua, nunquam tamen senatus constituendam putavit. Erant enim leges, erant
quæstiones, vel de cæde, vel de vi; nec tantum mœrorem
ac luctum senatui mors P. Clodii afferebat, ut nova quæstio
constitueretur. Cujus enim de illo incesto stupro[1] judicium de-
cernendi senatui potestas esset erepta, de ejus interitu quis
potest credere senatum judicium novum constituendum putasse? Cur igitur incendium curiæ, oppugnationem ædium
M. Lepidi[2], cædem hanc ipsam, contra rempublicam senatus
factam esse decrevit? Quia nulla vis unquam est in libera civitate suscepta inter cives, non contra rempublicam. Non
enim est illa defensio contra vim unquam optanda; sed nonnunquam est necessaria : nisi vero aut ille dies, in quo Tib.
Gracchus est cæsus, aut ille, quo Caius, aut quo arma Sa-
turnini oppressa sunt, etiamsi e rempublica, rempublicam tamen non vulnerarunt.

VI. Itaque ego ipse decrevi, quum cædem in Appia factam
esse constaret, non eum, qui se defendisset, contra rempublicam fecisse; sed, quum inesset in re vis et insidiæ, crimen
judicio reservavi, rem notavi. Quod si per furiosum illum
tribunum senatui, quod sentiebat, perficere licuisset, novam
quæstionem nunc nullam haberemus : decernebat enim, ut
veteribus legibus, tantummodo extra ordinem[3], quæreretur.
Divisa sententia est[4], postulante nescio quo[5]; nihil enim necesse est omnium me flagitia proferre. Sic reliqua auctoritas
senatus, empta intercessione, sublata est.

At enim Cn. Pompeius rogatione sua et de re et de causa
judicavit : tulit enim de cæde, quæ in Appia facta esset, in
qua P. Clodius occisus fuit. Quid ergo tulit? nempe ut quæreretur. Quid porro quærendum est? Factumne sit? At constat.

diaire, qui chaque jour accusait ma puissance, prétendant que le sénat décidait ce que je voulais, et non ce qui lui semblait juste. S'il faut nommer puissance ce qui n'est qu'une faible considération obtenue par de grands services rendus à la patrie, ou une sorte de crédit que mes soins officieux m'ont acquis auprès des gens de bien, qu'on lui donne ce nom, si l'on veut, pourvu que je l'emploie à défendre les bons citoyens contre la fureur des factieux.

Quant à la commission présente, je ne dis pas qu'elle soit contraire à la justice; mais le sénat enfin n'a jamais pensé qu'elle dût être établie: nous avions des lois, nous avions des tribunaux chargés de poursuivre le meurtre et la violence; et la mort de Clodius ne lui causait pas une douleur assez vive pour qu'il changeât rien aux anciens usages. Est-il croyable que le sénat, à qui l'on avait ravi le pouvoir d'ordonner une commission au sujet de l'adultère sacrilége de Clodius, ait voulu établir un tribunal extraordinaire pour venger sa mort? Pourquoi donc a-t-il jugé que l'incendie de notre palais, que l'attaque de la maison de Lépidus, que le combat même où Clodius a péri, sont des actes où l'ordre public a été compromis? C'est parce que, dans un État libre, tout acte de violence entre des citoyens porte atteinte à l'ordre public. L'emploi de la force contre la force est toujours un inconvénient, même lorsqu'il est une nécessité; car on ne dira pas sans doute que les mains qui frappèrent, ou Tibérius Gracchus, ou Caius son frère, ou Saturninus armé contre l'État, n'ont pas blessé la république, même en la sauvant.

VI. Aussi j'ai moi-même posé en principe qu'un meurtre ayant été commis sur la voie Appia, l'agresseur avait porté atteinte à l'ordre public; mais comme cette affaire présentait le double caractère de la violence et de la préméditation, j'ai blâmé le fait en lui-même, et renvoyé l'instruction aux tribunaux. Si ce tribun furieux avait permis au sénat d'exprimer sa volonté tout entière, nous n'aurions pas aujourd'hui une commission nouvelle. Le sénat voulait que cette cause fût jugée hors de rang, mais suivant les anciennes lois. La division fut demandée par un homme que je ne veux pas nommer : il n'est point nécessaire de dévoiler les turpitudes de tous. Alors, grâce à une opposition vénale, la seconde partie de la proposition ne fut pas décrétée.

Mais, ajoute-t-on, Pompée a prononcé par sa loi sur l'espèce même de la cause; car cette loi a pour objet le meurtre commis sur la voie Appia, où Clodius a péri. Eh bien! qu'a donc ordonné Pompée? Qu'on informera. Sur quoi? Sur le fait? Il n'est pas contesté. Sur

A quo? At patet. Vidit igitur, etiam in confessione facti, juris tamen defensionem suscipi posse. Quod nisi vidisset, posse absolvi eum, qui fateretur; quum videret nos fateri, neque quæri unquam jussisset, nec vobis tam salutarem hanc in judicando litteram, quam illam tristem, dedisset[1]. Mihi vero Cn. Pompeius non modo nihil gravius contra Milonem judicasse, sed etiam statuisse videtur, quid vos in judicando spectare oporteret. Nam qui non pœnam confessioni, sed defensionem dedit, is causam interitus quærendam, non interitum putavit. Jam illud dicet ipse profecto, quod sua sponte fecit, Publione Clodio tribuendum putarit, an tempori.

VII. Domi suæ nobilissimus vir, senatus propugnator, atque, illis quidem temporibus, pæne patronus, avunculus hujus nostri judicis, fortissimi viri, M. Catonis[2], tribunus plebis M. Drusus[3] occisus est. Nihil de ejus morte populus consultus, nulla quæstio decreta a senatu est. Quantum luctum in hac urbe fuisse a nostris patribus accepimus, quum P. Africano[4], domi suæ quiescenti, illa nocturna vis esset illata? Quis tum non gemuit? quis non arsit dolore? quem immortalem, si fieri posset, omnes esse cuperent, ejus ne necessariam quidem exspectatam esse mortem! Num igitur ulla quæstio de Africani morte lata est? Certe nulla. Quid ita? Quia non alio facinore clari homines, alio obscuri necantur. Intersit inter vitæ dignitatem summorum atque infimorum; mors quidem illata per scelus iisdem et pœnis tenetur et legibus: nisi forte magis erit parricida, si quis consularem patrem, quam si quis humilem necaverit; aut eo mors atrocior erit P. Clodii, quod is in monumentis majorum suorum sit interfectus. Hoc enim sæpe ab istis dicitur, perinde quasi Appius ille Cæcus viam munierit, non qua populus uteretur, sed ubi impune sui posteri latrocinarentur. Itaque in eadem ista Appia via[5], quum ornatissimum equitem romanum P. Clodius M. Papirium[6] occidisset, non fuit illud facinus puniendum: homo enim nobilis in suis monumentis[7] equitem romanum occiderat. Nunc ejusdem Appiæ nomen quantas tragœdias

l'auteur? Tout le monde le connaît. Pompée a donc vu que, nonobstant l'aveu du fait, on peut se justifier par le droit. S'il n'avait pas senti qu'un accusé peut être absous, même après cet aveu, dès lors que nous convenions du fait, il n'aurait pas ordonné d'autres informations ; il ne vous aurait pas remis le double pouvoir d'absoudre ou de condamner. Loin donc qu'il ait rien préjugé contre Milon, Pompée me semble vous avoir tracé la marche que vous devez suivre dans ce jugement ; car celui qui, sur l'aveu de l'accusé, ordonne, non pas qu'il soit puni, mais qu'il se justifie, pense qu'on doit informer sur la cause, et non sur l'existence du meurtre. Sans doute il nous dira lui-même si, ce qu'il a fait de son propre mouvement, il a cru le devoir faire par égard pour Clodius, ou pour les circonstances.

VII. Un citoyen de la naissance la plus illustre, le défenseur du sénat, je dirais presque son protecteur alors, l'oncle du vertueux Caton qui siège parmi nos juges, un tribun du peuple, Drusus, fut tué dans sa maison : or, pour venger sa mort, nulle loi ne fut proposée au peuple ; nulle procédure extraordinaire ne fut ordonnée par le sénat. Nos pères nous ont appris quelle fut la consternation publique, lorsque Scipion l'Africain périt assassiné dans son lit. Qui ne versa des larmes? qui ne fut pénétré de douleur, en voyant qu'on s'était lassé d'attendre la mort d'un homme qui n'aurait jamais cessé de vivre, si les vœux de tous les Romains avaient pu le rendre immortel? Établit-on un nouveau tribunal pour venger Scipion l'Africain? Non, certes : et pourquoi? parce que tuer un citoyen illustre, ou tuer un homme du peuple, ne sont pas des crimes d'une nature différente. Quel que soit l'intervalle qui, durant la vie, sépare les grands des simples plébéiens, leur mort, si elle est l'effet d'un crime, sera vengée par les mêmes lois et par les mêmes peines ; à moins que le parricide ne soit plus atroce dans le fils d'un consulaire que dans le fils d'un obscur plébéien, ou que la mort de Clodius ne soit un délit plus révoltant, parce qu'il a perdu la vie sur un des monuments de ses ancêtres. Voilà, en effet, ce qu'on ne cesse de répéter, comme si le célèbre Appius avait construit un chemin, non pour l'usage du public, mais afin que ses descendants y pussent exercer impunément leurs brigandages. Ainsi, lorsque, sur cette même voie Appia, Clodius tua Papirius, chevalier romain, ce forfait dut rester impuni : car enfin c'était sur les monuments de sa famille qu'un noble avait tué un chevalier romain. Quelles clameurs aujourd'hui au sujet de cette voie Appia! Nul ne prononçait ce nom, lors-

excitat! quæ, cruentata antea cæde honesti atque innocentis
viri, silebatur, eadem nunc crebro usurpatur, posteaquam
latronis et parricidæ [1] sanguine imbuta est.

Sed quid ego illa commemoro? Comprehensus est in templo
Castoris [2] servus P. Clodii, quem ille ad Cn. Pompeium inter-
ficiendum collocarat. Extorta est confitenti sica de manibus.
Caruit foro postea Pompeius, caruit senatu, caruit publico :
janua se ac parietibus, non jure legum judiciorumque texit.
Num quæ rogatio lata? num quæ nova quæstio decreta est?
Atqui, si res, si vir, si tempus ullum dignum fuit, certe hæc
in illa causa summa omnia fuerunt. Insidiator erat in foro col-
locatus, atque in vestibulo ipso senatus [3]; ei viro autem mors
parabatur, cujus in vita nitebatur salus civitatis; eo porro
reipublicæ tempore, quo si unus ille occidisset, non hæc solum civitas, sed gentes omnes concidissent. Nisi forte, quia
perfecta res non est, non fuit punienda; perinde quasi exitus
rerum, non hominum consilia, legibus vindicentur. Minus
dolendum fuit, re non perfecta, sed puniendum certe nihilo
minus. Quoties ego ipse, judices, ex P. Clodii telis, et ex
cruentis ejus manibus effugi [4]! ex quibus si me non vel mea
vel reipublicæ fortuna servasset, quis tandem de interitu meo
quæstionem tulisset?

VIII. Sed stulti sumus, qui Drusum, qui Africanum, Pompeium, nosmetipsos, cum P. Clodio conferre audeamus.
Tolerabilia fuerunt illa : P. Clodii mortem æquo animo nemo
ferre potest. Luget senatus; mœret equester ordo; tota civitas confecta senio est; squalent municipia; afflictantur co-
loniæ; agri denique ipsi tam beneficum, tam salutarem, tam
mansuetum civem desiderant.

Non fuit ea causa, judices, profecto non fuit, cur sibi cen-
seret Pompeius quæstionem ferendam : sed homo sapiens,
et alta et divina quadam mente præditus, multa vidit; fuisse
sibi illum inimicum, familiarem Milonem. In communi omnium lætitia, si etiam ipse gauderet, timuit ne videretur in-
firmior fides reconciliatæ gratiæ [5]. Multa etiam alia vidit, sed
illud maxime : quamvis atrociter ipse tulisset, vos tamen
fortiter judicaturos. Itaque delegit e florentissimis ordinibus [6]

qu'elle était ensanglantée par le meurtre d'un citoyen innocent et vertueux; à présent qu'elle est souillée du sang d'un brigand et d'un parricide, on ne cesse de le faire retentir à nos oreilles.

Mais pourquoi m'arrêter à ces faits? Un esclave de Clodius a été saisi dans le temple de Castor, où son maître l'avait aposté pour tuer Pompée. Le poignard lui fut arraché des mains : il avoua tout. De ce moment, Pompée cessa de paraître au sénat, dans le forum, en public; sans réclamer les lois, sans recourir aux tribunaux, il opposa les portes et les murs de sa maison aux fureurs de Clodius. A-t-on fait quelque loi, établi un nouveau tribunal? Toutefois si le crime, si la personne, si les circonstances le méritèrent jamais, tout se réunissait ici pour l'exiger. L'assassin avait été posté dans le forum, dans le vestibule même du sénat; on méditait la mort d'un citoyen à la vie duquel était attaché le salut de la patrie, et cela dans un temps où la mort de ce seul citoyen aurait entraîné la chute de Rome et la ruine de tout l'univers. On dira peut-être qu'un projet demeuré sans exécution n'a pas dû être puni; comme si les lois ne punissaient le crime que lorsqu'il a été consommé. Le projet n'ayant pas eu d'exécution, nous avons eu moins de larmes à répandre; mais l'auteur n'en était pas moins punissable. Moi-même, combien de fois ai-je échappé aux traits de Clodius et à ses mains ensanglantées! Si mon bonheur, ou la fortune du peuple romain, ne m'avait pas sauvé, aurait-on jamais proposé une commission pour venger ma mort?

VIII. Mais quelle absurdité à moi d'oser comparer les Drusus, les Scipion, les Pompée, de me comparer moi-même à Clodius. Ces attentats étaient tolérables : Clodius est le seul dont la mort ne puisse être supportée. Le sénat gémit; les chevaliers se lamentent; Rome entière est en pleurs; les villes municipales se désolent; les colonies sont au désespoir; en un mot, les campagnes elles-mêmes déplorent la perte d'un citoyen si bienfaisant, si utile, si débonnaire.

Non, juges, tel n'a pas été le motif qui a déterminé Pompée : cet homme sage et doué d'une prudence rare et divine a considéré bien des choses. Il a vu que Clodius a été son ennemi, et Milon son ami intime; il a craint que, s'il partageait la joie commune, on ne suspectât la sincérité de sa réconciliation. Il a vu surtout que, malgré la rigueur de sa loi, vous jugerez avec courage. Aussi a-t-il fait choix des hommes qui honorent le plus les premiers ordres de l'État; et il n'a pas, comme quelques-uns affectent de le dire, exclu mes

ipsa lumina. Neque vero, quod nonnulli dictitant, secrevit in
judicibus legendis amicos meos : neque enim hoc cogitavit
vir justissimus ; neque in bonis viris legendis id assequi potuisset, etiamsi cupisset. Non enim mea gratia familiaritati-
bus continetur, quæ late patere non possunt, propterea quod
consuetudines victus non possunt esse cum multis. Sed , si
quid possumus, ex eo possumus, quod respublica nos con-
junxit cum bonis ; ex quibus ille quum optimos viros legeret,
idque maxime ad fidem suam pertinere arbitraretur, non potuit legere non studiosos mei.

Quod vero te, L. Domiti [1], huic quæstioni præesse maxime
voluit, nihil quæsivit aliud, nisi justitiam, gravitatem, hu-
manitatem, fidem. Tulit, ut consularem necesse esset : credo,
quod principum munus esse ducebat, resistere et levitati
multitudinis, et perditorum temeritati. Ex consularibus te
creavit potissimum : dederas enim, quam contemneres po-
pulares insanias, jam ab adolescentia documenta maxima [2].

IX. Quamobrem, judices, ut aliquando ad causam cri-
menque veniamus, si neque omnis confessio facti est inusi-
tata, neque de causa quidquam nostra aliter ac nos vellemus,
a senatu judicatum est ; et lator ipse legis, quum esset con-
troversia nulla facti, juris tamen disceptationem esse voluit ;
et electi judices, isque præpositus quæstioni, qui hæc juste
sapienterque disceptet : reliquum est, judices, ut nihil jam
aliud quærere debeatis, nisi, uter utri insidias fecerit. Quod
quo facilius argumentis perspicere possitis, rem gestam vobis
dum breviter expono, quæso, diligenter attendite.

P. Clodius quum statuisset omni scelere in prætura vexare
rempublicam, videretque ita tracta esse comitia [3] anno superiore, ut non multos menses præturam gerere posset ; qui
non honoris gradum spectaret, ut ceteri, sed et L. Paulum
collegam effugere vellet [4], singulari virtute civem, et annum
integrum ad dilacerandam rempublicam quæreret ; subito
reliquit annum suum, seque in annum proximum transtulit,
non, ut fit, religione aliqua, sed ut haberet, quod ipse dicebat, ad præturam gerendam, hoc est, ad evertendam rempublicam, plenum annum atque integrum.

amis du nombre des juges. Il est trop équitable pour en avoir conçu
l'idée; et la chose n'était pas en sa puissance, dès lors qu'il choisissait des hommes vertueux. Car mes amis ne sont point renfermés
dans le cercle de mes sociétés intimes, qui ne peuvent être très-éten-
dues, puisqu'on ne peut vivre en intimité avec un très-grand nombre de personnes. Mais si j'ai quelque crédit, je le dois aux liaisons
que les affaires publiques m'ont fait contracter avec les gens de bien.
Dès que Pompée a choisi parmi eux, dès qu'il a pensé que l'honneur exigeait de lui qu'il préférât les hommes les plus intègres, il
n'a pu nommer des juges qui ne me fussent pas affectionnés.

L. Domitius, le choix qu'il a fait de vous pour présider ce tribunal, est un hommage rendu à vos vertus. Il a voulu que ce choix
ne pût tomber que sur un consulaire, persuadé sans doute que c'est
aux chefs de l'État qu'il appartient de résister aux mouvements
désordonnés de la multitude et à la témérité des méchants. S'il vous
a préféré à tous les autres, c'est que, dès votre jeunesse, vous avez
donné des preuves éclatantes de votre mépris pour les fureurs populaires.

IX. Ainsi, pour arriver enfin à l'objet de cette cause, si l'aveu
du fait n'est pas une chose inusitée; si rien n'a été préjugé contre
nous par le sénat; si l'auteur même de la loi, sachant que le fait
n'est pas contesté, a voulu que le droit fût discuté; si un président
et des juges également éclairés et intègres ont été choisis pour composer ce tribunal et prononcer dans ce jugement, il ne vous reste
plus qu'à rechercher qui des deux est l'agresseur. Afin que ce discer-
nement vous devienne plus facile, daignez écouter avec attention le
récit des faits : je vais les exposer en peu de mots.

Clodius avait projeté de tourmenter la république, pendant sa
préture, par tous les crimes possibles ; mais il voyait que les comices
de l'année dernière avaient été si longtemps retardés, qu'à peine il
lui resterait quelques mois pour exercer cette magistrature. Bien dif-
férent des autres, la gloire d'être nommé flattait peu son desir; ce
qu'il voulait, c'était d'éviter d'être le collègue du vertueux L. Paulus, et de pouvoir déchirer la patrie pendant toute une année : il se
désista tout à coup, et réserva son droit pour l'élection suivante, non
par scrupule, comme il arrive quelquefois, mais parce qu'il lui fallait, ainsi qu'il le disait lui-même, une année complète et entière
pour exercer la préture, c'est-à-dire pour bouleverser la république.

Occurrebat ei, mancam ac debilem præturam suam futuram, consule Milone : eum porro summo consensu populi romani consulem fieri videbat. Contulit se ad ejus competitores [1]; sed ita, totam ut petitionem ipse solus, etiam invitis illis, gubernaret; tota ut comitia suis, ut dictitabat, humeris sustineret. Convocabat tribus ; se interponebat; Collinam novam, delectu perditissimorum civium, conscribebat. Quanto ille plura miscebat, tanto hic magis in dies convalescebat. Ubi vidit homo ad omne facinus paratissimus, fortissimum virum, inimicissimum suum, certissimum consulem, idque intellexit non solum sermonibus, sed etiam suffragiis populi romani sæpe esse declaratum, palam agere cœpit, et aperte dicere, occidendum Milonem.

Servos agrestes et barbaros, quibus silvas publicas depopulatus erat, Etruriamque vexarat, ex Apennino deduxerat, quos videbatis. Res erat minime obscura. Etenim palam dictitabat, consulatum Miloni eripi non posse, vitam posse. Significavit hoc sæpe in senatu ; dixit in concione. Quin etiam Favonio [2], fortissimo viro, quærenti ex eo, qua spe fureret, Milone vivo, respondit, triduo illum, ad summum quatriduo, periturum : quam vocem ejus ad hunc M. Catonem statim Favonius detulit.

X. Interim, quum sciret Clodius, neque enim erat difficile scire, iter solemne, legitimum, necessarium, ante diem XIII Calendas Feb. Miloni esse Lanuvium ad flaminem prodendum [3], quod erat dictator Lanuvii Milo; Roma subito ipse profectus pridie est, ut ante suum fundum, quod re intellectum est, Miloni insidias collocaret. Atque ita profectus est, ut concionem turbulentam, in qua ejus furor desideratus est, quæ illo ipso die habita est, relinqueret; quam, nisi obire facinoris locum tempusque voluisset, nunquam reliquisset.

Milo autem [4], quum in senatu fuisset eo die, quoad senatus dimissus est, domum venit; calceos et vestimenta mutavit ; paulisper, dum se uxor, ut fit, comparat, commoratus est ; deinde profectus est id temporis, quum jam Clodius, si quidem eo die Romam venturus erat, redire potuisset. Obviam fit ei Clodius expeditus, in equo, nulla rheda, nullis impedimentis,

Il ne se dissimulait pas que, sous un consul tel que Milon, l'autorité de sa préture serait faible et gênée : or, tous les vœux du peuple romain portaient Milon au consulat. Que fait-il? il s'unit aux autres compétiteurs; mais de manière que seul, même malgré eux, il dirige toutes les brigues, et qu'il porte les comices entiers sur ses épaules : ce sont ses propres expressions. Il convoque les tribus, marchande les suffrages, enrôle la plus vile populace dans la nouvelle tribu Colline. Vains efforts! plus il s'agite, plus les forces de Milon s'accroissent : il ne peut plus douter que cet homme intrépide, son ennemi déclaré, ne soit nommé consul; c'est le bruit de toute la ville; déjà même les suffrages du peuple romain se sont déclarés. Alors ce scélérat, déterminé à tous les crimes, quitte le masque, et dit ouvertement qu'il faut tuer Milon.

Il avait fait descendre de l'Apennin des esclaves sauvages et barbares, dont il s'était servi pour dévaster les forêts publiques et ravager l'Étrurie. Ils étaient ici sous vos yeux; ses intentions n'étaient pas cachées. Il publiait partout que, si l'on ne pouvait pas ravir le consulat à Milon, on pouvait lui ôter la vie. Il l'a fait entendre plusieurs fois dans le sénat; il l'a dit en pleine assemblée. Interrogé même par Favonius sur ce qu'il espérait de ses fureurs, lorsque Milon était vivant, il répondit que, dans trois ou quatre jours au plus tard, Milon serait mort. Favonius aussitôt fit part de cette réponse à Caton, un de nos juges.

X. Cependant il savait, et il n'était pas difficile de le savoir, que le 20 de janvier, Milon irait à Lanuvium, où il devait, en sa qualité de dictateur, nommer un flamine : ce voyage avait un motif connu, légitime, indispensable. La veille, Clodius sort de Rome, dans le dessein de l'attendre devant une de ses métairies, ainsi que l'événement l'a prouvé. Et ce brusque départ ne lui permit pas d'assister à une assemblée tumultueuse qui se tint ce même jour, et dans laquelle l'absence de ses fureurs causa bien des regrets : il n'aurait eu garde d'y manquer, s'il n'avait voulu s'assurer d'avance et du lieu et du moment pour la consommation du crime.

Milon, après être resté ce même jour dans le sénat jusqu'à la fin de la séance, rentra chez lui, changea de vêtement et de chaussure, attendit quelque temps que sa femme eût fait tous ses apprêts. Ensuite il partit, lorsque déjà Clodius aurait pu être de retour, s'il avait dû revenir à Rome ce jour-là. Clodius vient au-devant lui, à cheval, sans voiture, sans embarras, n'ayant avec lui ni ses Grecs

nullis græcis comitibus, ut solebat; sine uxore[1], quod nunquam fere : quum hic insidiator, qui iter illud ad cædem fa-
ciendam apparasset, cum uxore veheretur in rheda, pænu-
latus[2], magno impedimento, et muliebri ac delicato ancillarum
puerorumque comitatu[3].

Fit obviam Clodio ante fundum ejus, hora fere undecima[4],
aut non multo secus. Statim complures cum telis in hunc fa-
ciunt de loco superiore impetum. Adversi rhedarium occidunt.
Quum autem hic de rheda, rejecta pænula, desiluisset, seque
acri animo defenderet, illi, qui erant cum Clodio, gladiis
eductis, partim recurrere ad rhedam, ut a tergo Milonem
adorirentur, partim, quod hunc jam interfectum putarent,
cædere incipiunt ejus servos, qui post erant : ex quibus, qui
animo fideli in dominum et præsenti fuerunt, partim occisi
sunt; partim, quum ad rhedam pugnari viderent, et domino
succurrere prohiberentur, Milonemque occisum etiam ex ipso
Clodio audirent, et ita esse putarent, fecerunt id (dicam enim,
non derivandi criminis causa, sed ut factum est), neque
imperante, neque sciente, neque præsente domino, quod
suos quisque servos in tali re facere voluisset.

XI. Hæc, sicut exposui, ita gesta sunt, judices : insidiator
superatus, vi victa vis, vel potius oppressa virtute audacia est.
Nihil dico, quid respublica consecuta sit; nihil, quid vos; nihil, quid omnes boni : nihil sane id prosit Miloni, qui hoc fato
natus est, ut ne se quidem servare potuerit, quin una rempublicam vosque servaret. Si id jure non posset, nihil habeo,
quod defendam. Sin hoc et ratio doctis, et necessitas barbaris,
et mos gentibus, et feris natura ipsa præscripsit, ut omnem
semper vim, quacumque ope possent, a corpore, a capite, a
vita sua propulsarent; non potestis hoc facinus improbum judicare, quin simul judicetis, omnibus, qui in latrones inciderint,
aut illorum telis aut vestris sententiis esse pereundum. Quod
si ita putasset, certe optabilius Miloni fuit dare jugulum
P. Clodio, non semel ab illo neque tum primum petitum, quam
jugulari a vobis, quia se illi non jugulandum tradidisset. Sin
hoc nemo vestrum ita sentit, illud jam in judicium venit, non,
Occisusne sit, quod fatemur, sed, Jure an injuria, quod multis

qui le suivaient ordinairement, ni sa femme qui ne le quittait presque jamais : et Milon, ce brigand qui avait prétexté ce voyage pour commettre un assassinat, était en voiture, accompagné de son épouse, enveloppé d'un manteau, ayant avec lui des bagages considérables, suivi d'une troupe d'enfants et de femmes, cortège faible et timide.

La rencontre eut lieu devant une terre de Clodius, à la onzième heure ou peu s'en faut. A l'instant, du haut d'une éminence, une troupe de gens armés fond sur Milon. Ceux qui l'attaquent par-devant tuent le conducteur de sa voiture. Il se dégage de son manteau, s'élance à terre et se défend avec vigueur. Ceux qui étaient auprès de Clodius tirent leurs épées : les uns reviennent pour attaquer Milon par derrière; d'autres le croyant déjà tué, font main basse sur les esclaves qui le suivaient de loin. Plusieurs de ces derniers donnèrent des preuves de courage et de fidélité. Une partie fut massacrée; les autres, voyant que l'on combattait autour de la voiture, et qu'on les empêchait de secourir leur maître, entendant Clodius lui-même s'écrier que Milon était tué, et croyant en effet qu'il n'était plus, firent alors, je le dirai, non pour éluder l'accusation, mais pour énoncer le fait tel qu'il est, sans que leur maître le commandât, sans qu'il le sût, sans qu'il le vît, ce que chacun aurait voulu que ses esclaves fissent en pareille circonstance.

XI. Juges, les choses se sont passées comme je viens de les exposer : l'agresseur a succombé; la force a été vaincue par la force, ou plutôt le courage a triomphé de l'audace. Je ne dis point combien cet événement a été utile pour la république, pour vous, pour tous les bons citoyens : que cette considération ne serve de rien à Milon, dont la destinée est telle, qu'il n'a pu se sauver, sans conserver tout l'État avec lui. S'il n'a pas eu droit de le faire, je n'ai rien à répondre. Si au contraire la raison, la nécessité, les conventions sociales, la nature elle-même, prescrivent aux sages, aux barbares, aux nations civilisées, aux animaux, d'user de tous les moyens pour repousser toute atteinte portée à leur vie, vous ne pouvez condamner Milon sans prononcer en même temps que tout homme qui tombera entre les mains des brigands, doit périr par leurs armes, ou par vos jugements. Si Milon eût pu le penser, il aurait mieux valu pour lui qu'il abandonnât à Clodius des jours auxquels ce furieux avait tant de fois attenté, que d'être égorgé par vous pour n'avoir pas tendu la gorge à son assassin. Mais si parmi vous personne n'adopte un tel système, la question se réduit à savoir, non pas si Clodius a été tué, nous l'avouons; mais s'il l'a été justement ou non :

in causis sæpe quæsitum est. Insidias factas esse constat; et id est, quod senatus contra rempublicam factum judicavit. Ab utro factæ sint, incertum est. De hoc igitur latum est, ut quæreretur. Ita et senatus rem, non hominem, notavit; et Pompeius de jure, non de facto, quæstionem tulit.

XII. Numquid igitur aliud in judicium venit, nisi, uter utri insidias fecerit[1]? Profecto nihil. Si hic illi, ut ne sit impune: si ille huic, tum nos scelere solvamur.

Quonam igitur pacto probari potest, insidias Miloni fecisse Clodium[2]? Satis est quidem, in illa tam audaci, tam nefaria bellua, docere, magnam ie causam, magnam spem in Milonis morte propositam, magnas utilitates fuisse. Itaque illud Cassianum, Cui bono fuerit[3], in his personis valeat: etsi boni nullo emolumento impelluntur in fraudem, improbi sæpe parvo. Atqui, Milone interfecto, Clodius hoc assequebatur, non modo ut prætor esset, non eo consule, quo sceleris nihil facere posset; sed etiam ut his consulibus prætor esset, quibus, si non adjuvantibus, at conniventibus certe, sperasset, se posse rempublicam eludere in illis suis cogitatis furoribus: cujus illi conatus, ut ipse ratiocinabatur, nec, si possent, reprimere cuperent, quum tantum beneficium ei se debere arbitrarentur; et, si vellent, fortasse vix possent frangere hominis sceleratissimi corroboratam jam vetustate audaciam.

An vero, judices, vos soli ignoratis, vos hospites in hac urbe versamini? vestræ peregrinantur aures, neque in hoc pervagato civitatis sermone versantur, quas ille leges, si leges nominandæ sunt, ac non faces urbis et pestes reipublicæ, fuerit impositurus nobis omnibus atque inusturus? Exhibe, quæso, Sexte Clodi[4], exhibe librarium illud legum vestrarum, quod te aiunt eripuisse e domo, et ex mediis armis turbaque nocturna[5], tanquam Palladium, sustulisse, ut præclarum videlicet munus atque instrumentum tribunatus ad aliquem, si nactus esses, qui tuo arbitrio tribunatum gereret, deferre posses. Et adspexit me[6] illis quidem oculis, quibus tum solebat, quum omnia omnibus minabatur. Movet me quippe lumen curiæ[7].

XIII. Quid? tu me iratum, Sexte, putas tibi, cujus tu ini-

cette question n'est point nouvelle; on l'a traitée déjà dans une infinité de causes. Il est constant que des embûches ont été dressées; et
c'est ce que le sénat a déclaré être un attentat contre la sûreté
publique. Qui des deux les a dressées? la chose est incertaine; et
voilà sur quoi la loi ordonne qu'il sera informé. Ainsi le sénat a
condamné l'action, sans rien préjuger sur la personne, et Pompée a
voulu qu'on examinât le droit, et non le fait.

XII. Tout se réduit donc à savoir qui des deux a dressé des
embûches à l'autre. Si c'est Milon, il faut le punir; si c'est Clodius,
il faut nous absoudre.

Mais comment prouver que Clodius a été l'agresseur? Lorsqu'il
s'agit d'un scélérat, d'un monstre de cette espèce, il suffit de mon-
trer qu'il avait un grand intérêt à faire périr Milon, et qu'il fondait
sur sa mort l'espérance des plus grands avantages. Que le mot de
Cassius: *A qui l'action a-t-elle dû profiter?* nous dirige donc et nous
aide dans nos recherches. Si nul motif ne peut engager l'honnête
homme à faire le mal, souvent un léger intérêt y détermine le
méchant. Or Clodius, en tuant Milon, ne craignait plus d'être sub-
ordonné, pendant sa préture, à un consul qui l'aurait mis dans l'im-
puissance de commettre le crime; il se flattait, au contraire, d'être
préteur sous des consuls qui seconderaient ses fureurs, qui du
moins fermeraient les yeux, et le laisseraient à son gré déchirer la
république : en un mot, il espérait que ces magistrats, enchaînés par
la reconnaissance, ne voudraient pas s'opposer à ses projets, ou
que, s'ils le voulaient, ils ne seraient pas assez puissants pour réprimer une audace fortifiée par une longue habitude du crime.

Eh quoi! citoyens, êtes-vous étrangers dans Rome? et ce qui fait
l'entretien de toute la ville, n'a-t-il jamais frappé vos oreilles? Seuls,
ignorez-vous de quelles lois, si l'on peut nommer ainsi des édits
funestes et destructeurs de la république, de quelles lois, dis-je, il
devait nous accabler et nous flétrir? De grâce, Sextus, montrez ce
code, votre commun ouvrage, que vous avez, dit-on, emporté de la
maison de Clodius, et sauvé, comme un autre Palladium, du
milieu des armes et du tumulte : votre dessein était sans doute, si
vous rencontriez un tribun docile et complaisant, de lui remettre
ce recueil instructif, ces précieux mémoires. Il vient de me lancer
un de ces regards, qui jadis étaient si terribles. Certes mes yeux sont
éblouis par ce flambeau du sénat.

XIII. Ah! Sextus, pouvez-vous me croire irrité contre vous, après

micissimum multo crudelius etiam punitus es, quam erat humanitatis meæ postulare? Tu P. Clodii cruentum cadaver ejecisti domo, tu in publicum abjecisti : tu spoliatum imaginibus [1], exsequiis, pompa, laudatione, infelicissimis lignis semiustulatum, nocturnis canibus dilaniandum reliquisti. Quam rem etsi, quia nefarie fecisti, laudare non possum; tamen, quoniam in meo inimico crudelitatem expromsisti tuam, irasci certe non debeo.

P. Clodii præturam non sine maximo rerum novarum metu proponi, et solutam fore videbatis, nisi esset is consul, qui eam auderet possetque constringere. Eum Milonem esse quum sentiret universus populus romanus, quis dubitaret suffragio suo se metu, periculo rempublicam liberare? At nunc, P. Clodio remoto, usitatis jam rebus enitendum est Miloni, ut tueatur dignitatem suam. Singularis illa huic uni concessa gloria, quæ quotidie augebatur frangendis furoribus Clodianis, jam morte Clodii cecidit. Vos adepti estis, ne quem civem metueretis : hic exercitationem virtutis, suffragationem consulatus, fontem perennem gloriæ suæ perdidit. Itaque Milonis consulatus, qui, vivo Clodio, labefactari non poterat, mortuo denique tentari cœptus est. Non modo igitur nihil prodest, sed obest etiam P. Clodii mors Miloni.

At valuit odium; fecit iratus, fecit inimicus, fecit ultor injuriæ, punitor doloris sui. Quid? si hæc, non dico, majora fuerunt in Clodio, quam in Milone, sed in illo maxima, nulla in hoc? quid vultis amplius? Quid enim odisset Clodium Milo, segetem ac materiam suæ gloriæ, præter hoc civile odium, quo omnes improbos odimus? Ille erat ut odisset [2], primum defensorem salutis meæ, deinde vexatorem furoris, domitorem armorum suorum, postremo etiam accusatorem suum : reus enim Milonis lege Plotia fuit Clodius, quoad vixit [3]. Quo tandem animo hoc tyrannum tulisse creditis? quantum odium illius, et, in homine injusto, quam etiam justum?

XIV. Reliquum est, ut jam illum natura ipsius consuetudoque defendat, hunc autem hæc eadem coarguant. Nihil per vim unquam Clodius, omnia per vim Milo. Quid ergo, judices? quum, mœrentibus vobis, urbe cessi, judiciumne timui? non

que vous avez fait subir à mon plus mortel ennemi une punition mille fois plus cruelle que mon humanité n'aurait pu la desirer? Traîner son corps sanglant hors de sa maison, le jeter sur la place publique, et là, sans pompe, sans convoi, sans éloge funèbre, sans qu'on aperçût les bustes de ses ancêtres, essayer de le brûler avec quelques misérables planches, laisser ses tristes restes en proie aux chiens dévorants : voilà, Sextus, voilà ce que vous avez fait. Cette action est horrible, elle est impie; mais enfin, c'est sur mon ennemi que s'exerçait votre barbarie, et, si je ne puis vous louer, ce n'est pas à moi de vous en faire un reproche.

La préture de Clodius présentait la perspective des troubles les plus effrayants : il était évident que rien ne l'arrêterait, à moins qu'on n'élût un consul qui eût le courage et la force de l'enchaîner. Tout le peuple romain sentait que Milon seul pouvait le faire. Qui donc eût balancé à lui donner son suffrage, afin d'assurer à la fois son propre repos et le salut de la république? Mais aujourd'hui que Clodius n'est plus, Milon ne peut arriver au consulat que par les routes ouvertes au reste des citoyens. La mort de Clodius lui a ravi cette gloire réservée à lui seul, et dont chaque jour il rehaussait l'éclat, en réprimant ses fureurs. Vous y avez gagné de n'avoir plus personne à redouter; il a perdu l'occasion d'exercer son courage, des droits assurés au consulat, une source intarissable de gloire. Aussi cette dignité, qui ne pouvait échapper à Milon, si Clodius eût vécu, on commence à la lui disputer, à présent que Clodius a cessé de vivre. La mort de Clodius n'est donc pas utile à Milon; elle nuit même à ses intérêts.

Mais, dit-on, il a été entraîné par la haine; la colère, l'inimitié, l'ont fait agir; il a vengé son injure, assouvi son ressentiment. Eh! que pourra-t-on répondre, je ne dis pas si ces passions ont été plus fortes dans Clodius que dans Milon; mais si elles ont été portées à l'excès dans le premier, tandis que l'autre en était tout à fait exempt? Pourquoi Milon aurait-il haï Clodius, dont les fureurs servaient de moyen et de matière à sa gloire? Il ne sentait pour lui que cette haine patriotique que chacun de nous porte aux méchants. Clodius, au contraire, avait bien des motifs pour le haïr : Milon était mon défenseur; il réprimait ses fureurs; il triomphait de ses armes; il était son accusateur. Vous le savez, Milon l'avait cité devant les tribunaux en vertu de la loi Plotia; et Clodius, jusqu'à sa mort, est resté dans les liens de l'accusation. Combien le tyran devait être sensible à cet outrage! Avouons-le; cet homme, injuste partout ailleurs, ne l'était pas dans sa haine.

XIV. Il reste à produire en faveur de Clodius son caractère et la conduite de toute sa vie, et à faire valoir ces mêmes présomptions contre Milon; à dire que le premier n'employa jamais la violence, et que le second l'a toujours employée. Eh quoi! citoyens, lorsque je me retirai de Rome, en vous laissant tous dans les pleurs, qu'avais-

servos, non arma, non vim? Quæ fuisset igitur causa resti-
tuendi mei, nisi fuisset injusta ejiciendi? Diem mihi, credo,
dixerat : multam irrogarat : actionem perduellionis intenderat :
et mihi videlicet, in causa aut mala, aut mea, non et præcla-
rissima, et vestra, judicium timendum fuit[1]. Servorum, et egen-
tium civium, et facinorosorum armis meos cives, meis consiliis
periculisque servatos, pro me objici nolui.

Vidi enim, vidi hunc ipsum Q. Hortensium, lumen et orna-
mentum reipublicæ, pæne interfici servorum manu, quum
mihi adesset : qua in turba C. Vibienus, senator, vir optimus,
cum hoc quum esset una, ita est multatus, ut vitam amiserit.
Itaque, quando illius postea sica illa, quam a Catilina acce-
perat, conquievit? Hæc intentata nobis est; huic ego vos objici
pro me non sum passus : hæc insidiata Pompeio est : hæc is-
tam Appiam, monumentum sui nominis, nece Papirii cruentavit:
hæc, hæc eadem, longo intervallo, conversa rursus est in me;
nuper quidem, ut scitis, me ad regiam[2] pæne confecit.

Quid simile Milonis? cujus vis omnis hæc semper fuit, ne P.
Clodius, quum in judicium detrahi non posset, vi oppressam
civitatem teneret. Quem si interficere voluisset, quantæ, quoties, occasiones, quam præclaræ fuerunt! Potuitne, quum domum ac deos penates suos, illo oppugnante, defenderet, jure
se ulcisci? potuitne, cive egregio et viro fortissimo, P. Sextio,
collega suo, vulnerato[3]? potuitne, Q. Fabricio, viro optimo,
quum de reditu meo legem ferret, pulso, crudelissima in foro
cæde facta? potuitne, L. Cæcilii, justissimi fortissimique præ-
toris, oppugnata domo? potuitne illo die, quum est lata lex de
me? quum totius Italiæ concursus, quem mea salus concitarat,
facti illius gloriam libens agnovisset; ut, etiam si id Milo fecisset, cuncta civitas eam laudem pro sua vindicaret?

XV. Atqui erat id temporis clarissimus et fortissimus consul,
inimicus Clodio, P. Lentulus[4], ultor sceleris illius, propugnator
senatus, defensor vestræ voluntatis, patronus illius publici con-
sensus, restitutor salutis meæ; septem prætores[5], octo tribuni plebis[6], illius adversarii, defensores mei; Cn. Pompeius auctor et
dux mei reditus, illius hostis; cujus sententiam senatus omnis
de salute mea gravissimam et ornatissimam secutus est; qui po-

je à redouter? les tribunaux? ou bien les esclaves, les armes, la violence? Quel aurait été le motif de mon rappel, si mon bannissement n'avait pas été une violation de toutes les lois? Clodius m'avait-il cité en justice? avait-il intenté contre moi une action judiciaire? m'avait-il accusé d'un crime d'Etat? en un mot, ma cause était-elle mauvaise, ou n'intéressait-elle que moi? Juges, ma cause était excellente; c'était la vôtre plus que la mienne; mais, après avoir sauvé mes concitoyens au risque de ma vie, je ne voulus pas qu'ils fussent à leur tour exposés pour moi aux fureurs d'une troupe d'esclaves et d'hommes chargés de dettes et de crimes.

En effet, j'ai vu Q. Hortensius, un de nos juges, oui, Hortensius lui-même, la gloire et l'ornement de la république, je l'ai vu près de périr sous les coups d'une troupe d'esclaves, parce qu'il soutenait ma cause. Un sénateur respectable, C. Vibiénus, qui l'accompagnait, fut maltraité au point qu'il en a perdu la vie. Et, depuis cette époque, le poignard de Catilina s'est-il un instant reposé dans les mains de Clodius? C'est ce même poignard qu'on a levé sur moi, et qui vous aurait frappés, si j'avais souffert que vous eussiez été exposés à cause de moi; c'est lui qui a menacé les jours de Pompée, et ensanglanté par le meurtre de Papirius cette voie Appia, monument des ancêtres de Clodius; c'est lui encore que, longtemps après, on a retourné contre moi : vous le savez, tout récemment, j'ai failli en être percé auprès du palais de Numa.

Quoi de semblable dans Milon? S'il a jamais usé de la force, c'était pour empêcher que Clodius, qu'il ne pouvait réprimer par les voies juridiques, ne tînt Rome dans l'oppression. S'il avait cherché à le tuer, combien de fois en a-t-il eu les occasions les plus favorables et les plus glorieuses? Je vous le demande, ne pouvait-il pas en tirer une juste vengeance, lorsqu'il défendait sa maison et ses dieux pénates attaqués par ce furieux? lorsque P. Sextius, son collègue, eut été blessé? lorsque Q. Fabricius, proposant une loi pour mon rappel, fut repoussé du forum inondé du sang des citoyens? lorsque le préteur L. Cécilius fut assiégé chez lui? Ne le pouvait-il pas, au moment où fut portée la loi qui ordonnait mon retour, lorsque toute l'Italie, attirée à Rome par l'intérêt de ma conservation, se serait empressée d'avouer cette grande action? Oui, si Milon l'avait faite, la république entière en aurait revendiqué la gloire.

XV. Nous avions alors un consul, ennemi de Clodius, P. Lentulus, mon vengeur, dont le noble courage a constamment défendu le sénat, soutenu vos décrets, maintenu le vœu général, et par qui je me suis vu rétabli dans tous mes droits. Sept préteurs, huit tribuns, s'étaient prononcés pour moi contre ce factieux. Pompée, qui a préparé et conduit ce grand événement, était en guerre avec lui; son avis, conçu dans les termes les plus énergiques et les plus honorables, fut adopté par le sénat tout entier; il exhorta le peuple romain

pulum romanum cohortatus est; qui, quum de me decretum
Capuæ fecit[1], ipse cunctæ Italiæ cupienti, et ejus fidem implo-
ranti, signum dedit, ut ad me restituendum Romam concurre-
rent. Omnia tum denique in illum odia civium ardebant desi-
derio mei : quem si qui tum interemisset, non de impunitate
ejus, sed de præmiis cogitaretur.

Tamen se Milo continuit, et P. Clodium ad judicium bis, ad
vim nunquam vocavit. Quid? privato Milone, et reo ad populum, accusante P. Clodio, quum in Cn. Pompeium pro Milone
dicentem impetus factus est[2]; quæ tum non modo occasio, sed
etiam causa illius opprimendi fuit? Nuper vero quum M. Antonius[3] summam spem salutis bonis omnibus attulisset, gravissi-
mamque adolescens nobilissimus reipublicæ partem fortissime
suscepisset, atque illam belluam, judicii laqueos declinantem,
jam irretitam teneret; qui locus, quod tempus illud, dii immortales! fuit? quum se ille fugiens in scalarum tenebras abdidisset,
magnum Miloni fuit conficere illam pestem, nulla sua invidia,
Antonii vero maxima gloria? Quid? comitiis in campo quoties
potestas fuit? quum ille vi in septa irrupisset, gladios destrin-
gendos, lapides jaciendos curasset, deinde subito, vultu Milonis
perterritus, fugeret ad Tiberim, vos et omnes boni vota faceretis, ut Miloni uti virtute sua liberet?

XVI. Quem igitur cum omnium gratia noluit, hunc voluit
cum aliquorum querela? quem jure, quem loco, quem tempore,
quem impune non est ausus; hunc injuria, iniquo loco, alieno
tempore, periculo capitis, non dubitavit occidere? Præsertim,
judices, quum honoris amplissimi contentio et dies comitiorum
subesset : quo quidem tempore (scio enim quam timida sit am-
bitio, quantaque et quam sollicita sit cupiditas consulatus) omnia non modo, quæ reprehendi palam, sed etiam quæ obscure
cogitari possunt, timemus; rumorem, fabulam falsam, fictam,
levem perhorrescimus; ora omnium atque oculos intuemur.
Nihil enim est tam molle, tam tenerum, tam aut fragile, aut
flexibile, quam voluntas erga nos sensusque civium; qui non
modo improbitati irascuntur candidatorum, sed etiam in recte
factis sæpe fastidiunt.

Hunc diem igitur campi speratum atque exoptatum sibi pro-

en ma faveur, et par un décret rendu à Capoue, comblant le désir de l'Italie entière, il donna partout le signal de se rassembler à Rome pour m'y rétablir. En un mot, le regret de mon absence allumait contre Clodius la haine de tous les citoyens : si dans ce moment quelqu'un lui eût ôté la vie, on n'aurait point parlé de l'absoudre : on n'eût songé qu'à lui décerner des récompenses.

Milon cependant s'est contenu : il l'a cité deux fois devant les tribunaux; jamais il ne l'a provoqué au combat. Et quand, après son tribunat, il fut accusé par Clodius devant le peuple, et que Pompée, qui parlait pour lui, fut assailli par les factieux, quelle occasion, je dis plus, quel juste sujet n'avait-il pas de le faire périr? Dans ces derniers temps même, lorsque, ranimant l'espoir de tous les gens de bien, Antoine, ce jeune citoyen de la plus illustre naissance, eut pris avec courage la défense de la république, et que déjà il tenait enlacé ce monstre qui se débattait pour échapper à la sévérité des tribunaux, dieux immortels! quel lieu, quel moment! Quand le lâche se fut caché sous un escalier obscur, qu'en eût-il coûté à Milon de l'exterminer, sans que personne en murmurât, et en comblant Antoine d'une gloire éclatante? Combien de fois a-t-il pu le faire aux comices du champ de Mars, ce jour surtout où Clodius avait forcé les barrières, à la tête d'une troupe armée d'épées et de pierres, et que tout à coup, effrayé à l'aspect de Milon, il s'enfuit vers le Tibre, pendant que tous les honnêtes gens avec vous formaient des vœux pour qu'il plût à celui-ci de se servir de son courage!

XVI. Et cet homme qu'il a tant de fois épargné, lorsque sa mort aurait satisfait tous les citoyens, il a voulu l'assassiner dans un temps où il ne l'a pu faire sans déplaire à quelques personnes! Il n'a pas osé le tuer quand il en avait le droit, quand le lieu et le temps étaient favorables, quand il était assuré de l'impunité; et il n'a pas craint de le faire, en violant les lois, dans un lieu, dans un temps défavorables, et au péril de sa vie! et cela, citoyens, à la veille des comices, au moment de demander la première dignité de l'Etat, dans une circonstance où nous redoutons non-seulement les reproches publics, mais les pensées même les plus secrètes. Je sais combien sont timides ceux qui sollicitent vos suffrages; je sais quels sont alors et l'ardeur du désir et le tourment de l'inquiétude : un bruit populaire, une fable dénuée de fondement, inventée à plaisir, indifférente, nous remplissent d'alarmes. Nous étudions tous les visages; nous lisons dans tous les yeux. En effet, rien n'est si délicat, si léger, si frêle et si mobile que l'opinion et la bienveillance des citoyens : non-seulement ils s'irritent contre les vices d'un candidat; mais souvent même le bien qu'il a fait n'excite que leur dédain.

Ainsi Milon, se proposant ce jour des comices, l'objet de ses dé-

ponens Milo, cruentis manibus scelus et facinus præ se ferens
et confitens, ad illa augusta centuriarum auspicia veniebat?
Quam hoc non credibile in hoc! quam idem in Clodio non dubitandum, qui se, interfecto Milone, regnaturum putaret! Quid?
quod caput audaciæ est, judices, quis ignorat, maximam ille—
cebram esse peccandi impunitatis spem? In utro igitur hæc
fuit? in Milone? qui etiam nunc reus est facti, aut præclari,
aut certe necessarii : an in Clodio? qui ita judicia pœnamque
contemserat, ut eum nihil delectaret, quod aut per naturam fas
esset, aut per leges liceret.

Sed quid ego argumentor? quid plura disputo? Te, Q. Petilli,
appello, optimum et fortissimum civem; te, M. Cato, testor;
quos mihi divina quædam sors dedit judices. Vos ex M. Favonio audistis, Clodium sibi dixisse, et audistis, vivo Clodio, periturum Milonem triduo. Post diem tertium gesta res est, quam
dixerat. Quum ille non dubitaret aperire, quid cogitaret, vos
potestis dubitare, quid fecerit?

XVII. Quemadmodum igitur eum dies non fefellit? Dixi
equidem modo. Dictatoris Lanuvini stata sacrificia[1] nosse negotii
nihil erat. Vidit necesse esse Miloni proficisci Lanuvium illo
ipso, quo profectus est, die. Itaque antevertit. At quo die? quo,
ut ante dixi, insanissima concio ab ipsius mercenario tribuno
plebis[2] est concitata ; quem diem ille, quam concionem, quos
clamores, nisi ad cogitatum facinus approperaret, nunquam
reliquisset. Ergo illi ne causa quidem itineris, etiam causa manendi : Miloni manendi nulla facultas; exeundi non causa
solum, sed etiam necessitas fuit.

Quid? si, ut ille scivit Milonem fore eo die in via, sic Clodium Milo ne suspicari quidem potuit? Primum quæro, qui
scire potuerit; quod vos idem in Clodio quærere non potestis.
Ut enim neminem alium, nisi T. Patinam, familiarissimum
suum, rogasset, scire potuit, illo ipso die Lanuvii a dictatore
Milone prodi flaminem necesse esse. Sed erant permulti alii, ex
quibus id facillime scire posset ; omnes scilicet Lanuvini. Milo
de Clodii reditu unde quæsivit? Quæsierit sane ; videte, quid
vobis largiar : servum etiam, ut Arrius, meus amicus[3], dixit,

sirs et de ses espérances, venait se présenter à l'auguste assemblée des centuries, les mains encore fumantes du sang d'un citoyen dont il s'avouait l'assassin? Cet excès d'impudence est incroyable dans Milon; mais on devait l'attendre de Clodius, qui se flattait de régner dès que Milon aurait cessé de vivre. J'ajoute une réflexion. Vous savez tous que l'espoir de l'impunité est le plus grand attrait du crime. Or, lequel des deux a compté sur cette impunité? Milon, qui dans ce moment se voit accusé pour une action glorieuse, du moins nécessaire? ou Clodius, qui avait conçu un tel mépris pour les tribunaux et les peines qu'ils infligent, que rien de ce qui est avoué par la nature ou permis par les lois ne pouvait lui plaire?

Mais qu'est-il besoin de tant de raisonnements? pourquoi toutes ces discussions? Q. Pétillius, et vous, Caton, que le sort ou plutôt la Providence nous a nommés pour juges, j'invoque ici votre témoignage. M. Favonius vous a dit à tous deux, et il l'a dit du vivant de Clodius, qu'il avait entendu de la bouche de ce furieux que Milon périrait dans trois jours; et le troisième jour le combat a eu lieu. Pouvez-vous douter de ce qu'il a fait, quand lui-même ne balançait pas à publier ce qu'il projetait de faire?

XVII. Comment donc a-t-il si bien choisi le jour? Je l'ai déjà dit. Rien de plus aisé que de connaître les époques fixées pour les sacrifices du dictateur de Lanuvium. Il vit que Milon était obligé d'aller à Lanuvium le jour qu'il partit en effet pour s'y rendre; il prit les devants. Eh! quel jour? celui où le tribun qu'il tenait à ses gages échauffa de ses fureurs l'assemblée la plus séditieuse. Jamais il n'aurait manqué ni ce jour, ni cette assemblée, ni ces clameurs, s'il ne s'était hâté pour consommer le crime qu'il méditait. Ainsi rien n'obligeait Clodius à quitter Rome; au contraire, il avait des motifs pour y rester. Milon n'en était pas le maître; le devoir, la nécessité même, lui commandaient de partir.

Mais si Clodius a su que Milon serait en route ce jour-là, Milon a-t-il pu même soupçonner qu'il rencontrerait Clodius? D'abord je demande comment il l'aurait pu savoir. C'est ce que vous ne pouvez demander à l'égard de Clodius; car n'eût-il interrogé que T. Patina, son intime ami, il a pu savoir que ce jour même Milon, en sa qualité de dictateur, était dans l'obligation de nommer un flamine à Lanuvium. Il pouvait le savoir d'une infinité d'autres, par exemple, de tous ceux de Lanuvium. Mais par qui Milon a-t-il pu être informé du retour de Clodius? Je veux qu'il ait cherché à s'en instruire; je vais plus loin, je vous accorde qu'il ait corrompu un esclave, comme

2.

corruperit. Legite testimonia testium vestrorum. Dixit C. Cassinius, cognomento Scola, Interamnas, familiarissimus et idem comes P. Clodii, cujus jampridem testimonio Clodius eadem hora Interamnæ fuerat et Romæ[1], P. Clodium illo die in Albano mansurum fuisse; sed subito ei esse nuntiatum, Cyrum architectum esse mortuum : itaque Romam repente constituisse proficisci. Dixit hoc comes item P. Clodii, C. Clodius.

XVIII. Videte, judices, quantæ res his testimoniis sint confectæ. Primum certe liberatur Milo, non eo consilio profectus esse, ut insidiaretur in via Clodio; quippe qui ei obvius futurus omnino non erat. Deinde (non enim video, cur non meum quoque agam negotium) scitis, judices, fuisse, qui in hac rogatione suadenda dicerent, Milonis manu cædem esse factam, consilio vero majoris alicujus. Videlicet me latronem ac sicarium abjecti homines et perditi describebant. Jacent suis testibus ii, qui Clodium negant eo die Romam, nisi de Cyro audisset, fuisse rediturum. Respiravi ; liberatus sum ; non vereor ne, quod ne suspicari quidem potuerim, videar id cogitasse.

Nunc persequar cetera. Nam occurrit illud [2] : Igiturne Clodius quidem de insidiis cogitavit, quoniam fuit in Albano mansurus. Si quidem exiturus ad cædem e villa non fuisset. Video enim illum, qui dicitur de Cyri morte nuntiasse, non id nuntiasse, sed Milonem appropinquare : nam quid de Cyro nuntiaret, quem Clodius, Roma proficiscens, reliquerat morientem? Una fui : testamentum simul obsignavi [3] cum Clodio : testamentum autem palam fecerat, et illum heredem et me scripserat. Quem pridie hora tertia animam efflantem reliquisset, eum mortuum postridie hora decima denique ei nuntiabatur?

XIX. Age, sit ita factum : quæ causa, cur Romam properaret? cur in noctem se conjiceret? Quid afferebat causam festinationis? quod heres erat? Primum erat nihil, cur properato opus esset : deinde, si quid esset, quid tandem erat, quod ea nocte consequi posset, amitteret autem, si postridie mane Romam venisset? Atque, ut illi nocturnus ad urbem adventus vitandus potius, quam expetendus fuit; sic Miloni, quum insidiator esset, si illum ad urbem noctu accessurum sciebat, subsidendum atque exspectandum fuit. Noctu, invidioso et pleno latronum in loco occidisset. Nemo ei neganti

l'a dit mon ami Arrius. Lisez les dépositions de vos témoins. C. Cassinius Scola, d'Intéramne, intime ami de Clodius, et qui l'accompagnait dans ce voyage, Cassinius, d'après le témoignage duquel Clodius s'était trouvé autrefois à Intéramne et à Rome à la même heure, dépose que Clodius devait rester le jour entier à sa maison d'Albe, mais qu'on lui annonça la mort de l'architecte Cyrus, et qu'il se détermina tout à coup à revenir à Rome. C. Clodius, qui était aussi du voyage, est d'accord avec lui.

XVIII. Voyez, juges, tout ce qui résulte de ces témoignages. D'abord, on ne peut plus imputer à Milon d'être sorti de Rome pour attendre Clodius sur la route, puisqu'il ne devait absolument pas le rencontrer. En second lieu (car pourquoi négligerais-je ici ma cause personnelle?), vous savez que lorsqu'on délibérait sur cette commission, quelques gens osèrent dire que le meurtre avait été commis par Milon, mais conseillé par un personnage plus important. C'était moi que ces hommes vils et pervers signalaient comme un brigand et un assassin. Les voilà confondus par leurs propres témoins, qui déclarent que Clodius ne serait pas revenu ce jour-là, s'il n'avait pas appris la mort de Cyrus. Je respire, je suis rassuré; et je ne crains plus de paraître avoir médité ce qu'il ne m'était pas même possible de soupçonner.

Je reviens à la cause. On nous fait une objection : Clodius lui-même n'a donc pas eu la pensée d'attaquer Milon, puisqu'il devait rester à sa maison d'Albe. J'en conviens, si toutefois son projet n'était pas d'en sortir pour commettre l'assassinat. En effet, ce courrier que vous prétendez avoir annoncé la mort de Cyrus, je vois qu'il venait avertir que Milon approchait. Car à quoi bon cet avis de la mort de Cyrus qui expirait au départ de Clodius? Nous étions chez lui, Clodius et moi; nous avions apposé notre sceau à son testament; il ne l'avait point fait en secret; il nous avait l'un et l'autre institués héritiers. Et l'on ne venait que le lendemain, à la dixième heure, annoncer à Clodius la mort d'un homme qu'il avait laissé la veille, à la troisième heure, rendant le dernier soupir?

XIX. Supposons le fait : cette nouvelle l'obligeait-elle de précipiter son retour? de s'exposer aux dangers de la nuit? Pourquoi cet empressement? Il était héritier? D'abord rien n'exigeait un retour aussi brusque; et, sa présence eût-elle été nécessaire, que gagnait-il à revenir cette nuit même? que perdait-il à n'arriver que le lendemain matin? S'il devait éviter de marcher la nuit, d'un autre côté, Milon, à qui l'on suppose le projet de l'assassiner, Milon, instruit que Clodius reviendrait pendant la nuit, devait se mettre en embuscade et l'attendre. Il l'aurait tué à la faveur des ténèbres, dans un lieu redouté et rempli de brigands. Il aurait nié, et personne n'eût

non credidisset, quem esse omnes salvum, etiam confitentem,
volunt. Sustinuisset hoc crimen primum ipse ille latronum
occultator et receptator locus, dum[1] neque muta solitudo in-
dicasset, neque cæca nox ostendisset Milonem : deinde ibi
multi ab illo violati, spoliati, bonis expulsi, multi etiam hæc
timentes, in suspicionem caderent; tota denique rea citaretur
Etruria.

Atque illo die certe, Aricia[2] rediens, devertit Clodius ad
se in Albanum. Quod ut sciret Milo[3], illum Ariciæ fuisse,
suspicari tamen debuit, eum, etiam si Romam illo die reverti
vellet, ad villam suam, quæ viam tangeret, deversurum.
Cur neque ante occurrit, ne ille in villa resideret, nec eo in
loco subsedit, quo ille noctu venturus esset?

Video adhuc constare omnia, judices : Miloni etiam utile
fuisse Clodium vivere; illi ad ea, quæ concupierat, opta-
tissimum interitum Milonis : odium fuisse illius in hunc acer-
bissimum; nullum hujus in illum : consuetudinem illius per-
petuam in vi inferenda; hujus tantum in repellenda : mortem
ab illo denuntiatam Miloni, et prædictam palam; nihil unquam auditum ex Milone : profectionis hujus diem illi notum;
reditum illius huic ignotum fuisse : hujus iter necessarium;
illius etiam potius alienum : hunc præ se tulisse, se illo die
Roma exiturum; illum eo die se dissimulasse rediturum :
hunc nullius rei mutasse consilium; illum causam mutandi
consilii finxisse : huic, si insidiaretur, noctem prope urbem
exspectandam; illi, etiam si hunc non timeret, tamen ac-
cessum ad urbem nocturnum fuisse metuendum.

XX. Videamus nunc id, quod caput est : locus ad insidias
ille ipse, ubi congressi sunt, utri tandem fuerit aptior. Id
vero, judices, etiam dubitandum et diutius cogitandum est?
Ante fundum Clodii, quo in fundo, propter insanas illas sub-
structiones, facile mille hominum versabatur valentium, edito
adversarii atque excelso loco superiorem se fore putabat Milo,
et ob eam rem eum locum ad pugnam potissimum elegerat?
An in eo loco est potius exspectatus ab eo, qui, ipsius loci
spe, facere impetum cogitarat? Res loquitur, judices, ipsa,
quæ semper valet plurimum. Si hæc non gesta audiretis,

refusé de le croire, puisque, malgré son aveu, tous désirent qu'il soit absous. On aurait d'abord accusé le lieu même, qui est une retraite et un repaire de voleurs; ni le silence de la solitude n'aurait dénoncé Milon, ni les ténèbres de la nuit ne l'auraient désigné. Les soupçons seraient tombés sur une infinité de personnes que Clodius a maltraitées, dépouillées, chassées de leurs héritages, sur tant d'autres qui redoutaient de pareilles violences, en un mot sur l'Étrurie tout entière.

Il est certain d'ailleurs que Clodius, revenant d'Aricie, s'est détourné vers sa maison d'Albe. Or Milon, en admettant qu'il ait su Clodius dans Aricie, devait soupçonner que, même avec la volonté d'arriver à Rome ce jour-là, il s'arrêterait à sa maison qui est sur le chemin. Il pouvait craindre même qu'il n'y séjournât. Pourquoi n'a-t-il pas prévenu son arrivée, ou pourquoi ne l'a-t-il pas attendu dans un lieu où il devait passer pendant la nuit?

Je vois que jusqu'ici tout s'accorde parfaitement. Il était utile à Milon que Clodius vécût, et Clodius, pour l'exécution de ses projets, avait besoin de la mort de Milon. Clodius portait une haine mortelle à son ennemi; Milon ne haïssait pas Clodius. L'un ne cessa jamais d'employer la violence; l'autre se contenta toujours de la repousser. Clodius avait publiquement menacé Milon de le tuer, il avait même annoncé sa mort; Milon n'a jamais fait de menaces. Clodius connaissait le jour du départ de Milon; celui-ci ignorait le retour de Clodius. Le voyage de l'un était indispensable; celui de l'autre était même contraire à ses intérêts. Milon avait annoncé son départ; Clodius avait dissimulé son retour. Le premier n'a rien changé à ses projets; le second a supposé des motifs pour ne pas exécuter les siens. Enfin, si Milon voulait assassiner Clodius, il devait l'attendre la nuit auprès de Rome; et Clodius, quand même il n'aurait rien appréhendé de Milon, devait craindre cependant de s'approcher de Rome pendant la nuit.

XX. Considérons à présent, ce qu'il importe surtout d'examiner, à qui le lieu même du combat a été le plus favorable. Pouvez-vous avoir ici quelques doutes? et vous faut-il de longues réflexions? La rencontre s'est faite devant une terre de Clodius, où il se trouvait au moins un millier d'hommes forts et robustes, employés à ses constructions extravagantes : Milon croyait-il prendre ses avantages en attaquant un ennemi placé sur une hauteur, et avait-il par cette raison choisi ce lieu pour combattre? Ou plutôt n'a-t-il pas été attendu par Clodius, qui voulait profiter de cette position pour l'attaquer? La chose parle d'elle-même, juges; on ne peut se refuser à

sed picta videretis; tamen appareret, uter esset insidiator,
uter nihil cogitaret mali, quum alter veheretur in rheda pænu-
latus, una sederet uxor. Quid horum non impeditissimum?
vestitus, an vehiculum, an comes? quid minus promtum
ad pugnam, quum pænula irretitus, rheda impeditus, uxore
pæne constrictus esset? Videte nunc illum, primum egredien-
tem e villa subito: cur? vesperi: quid necesse est? tarde:
qui convenit, id præsertim temporis[1]? Divertit in villam
Pompeii. Pompeium ut videret? Sciebat in Alsiensi[2] esse.
Villam ut perspiceret? Millies in ea fuerat. Quid ergo erat
moræ et tergiversationis? Dum hic veniret, locum relinquere
noluit.

XXI. Age nunc, iter expediti latronis cum Milonis impedimentis comparate. Semper ille antea cum uxore; tum sine
ea: nunquam non in rheda; tum in equo: comites Græculi[3],
quocumque ibat, etiam quum in castra Etrusca[4] properabat;
tum nugarum in comitatu nihil. Milo, qui nunquam, tum casu
pueros symphoniacos uxoris ducebat, et ancillarum greges;
ille, qui semper secum scorta, semper exoletos, semper lupas
duceret, tum neminem, nisi ut virum a viro lectum[5] esse di-
ceres.

Cur igitur victus est? quia non semper viator a latrone,
nonnunquam etiam latro a viatore occiditur: quia, quam-
quam paratus in imparatos Clodius, tamen mulier inciderat
in viros[6]. Nec vero sic erat unquam non paratus Milo contra
illum, ut non satis fere esset paratus. Semper ille, et quantum interesset P. Clodii se perire, et quanto illi odio esset,
et quantum ille auderet, cogitabat. Quamobrem vitam suam,
quam maximis præmiis propositam et pæne addictam sciebat,
nunquam in periculum sine præsidio et sine custodia proji-
ciebat. Adde casus, adde incertos exitus pugnarum, Martem-
que communem, qui sæpe spoliantem jam et exsultantem
evertit, et perculit ab abjecto. Adde inscitiam pransi, poti,
oscitantis ducis: qui, quum a tergo hostem interclusum reliquisset, nihil de ejus extremis comitibus cogitavit; in quos
incensos ira, vitamque domini desperantes, quum incidisset,
hæsit in iis pœnis, quas ab eo servi fideles pro domini vita
expetiverunt.

cette évidence. Si, au lieu d'entendre le récit de cette action, vous en
aviez le tableau sous les yeux, il suffirait, pour connaître l'agresseur, de voir que l'un d'eux est dans une voiture, couvert d'un
manteau de voyage, assis à côté de sa femme. Le vêtement, la voiture, la compagnie, est-il rien de plus embarrassant? Quelles dispo-
sitions pour un combat que d'être enveloppé d'un manteau, enfermé
dans une voiture, et comme enchaîné auprès d'une femme! A présent voyez Clodius sortir brusquement de sa maison : pourquoi? le
soir : quelle nécessité? il s'avance lentement : quoi! dans une pareille
saison? Il passe à la campagne de Pompée : était-ce pour le voir? il
le savait à sa terre d'Alsium. Était-ce pour visiter la maison? il
l'avait vue mille fois. Pourquoi donc tous ces détours et ces amuse-
ments affectés? C'est qu'il fallait donner à Milon le temps d'arriver.

XXI. Comparez maintenant ce brigand que rien ne gêne dans sa
marche, avec Milon que tout embarrasse. Auparavant Clodius menait
toujours sa femme avec lui : alors il était sans elle. Jamais il ne
voyageait qu'en voiture : alors il était à cheval. En quelque endroit
qu'il se rendît, lors même qu'il courait vers le camp d'Étrurie, il avait
toujours des Grecs à sa suite : alors rien de frivole dans tout son cortége.
Milon, ce qui ne lui était jamais arrivé, menait ce jour-là les musiciens et les femmes de son épouse. Clodius, qui traînait toujours
après lui une troupe de débauchés et de courtisanes, n'avait en cette
occasion que des hommes de choix, que des braves à toute épreuve.

Pourquoi donc a-t-il été vaincu? C'est que le voyageur n'est pas toujours tué par le brigand, et que le brigand lui-même est tué quelquefois
par le voyageur; c'est que Clodius, quoique préparé contre des gens
qui ne l'étaient pas, n'était pourtant qu'une femme qui attaquait des
hommes. D'ailleurs Milon ne se tenait jamais si peu en garde contre
lui, qu'il ne fût en mesure de se défendre. L'intérêt que Clodius avait
à le faire périr, la violence de sa haine, l'excès de son audace, étaient
toujours présents à sa pensée. Sachant donc que sa tête avait été
proscrite et mise au plus haut prix, il ne s'exposait pas sans précau-
tion; il ne sortait jamais sans escorte. Joignez à cela les hasards,
l'incertitude des événements, les chances des combats, dans lesquels
on a vu tant de fois un vainqueur périr par la main d'un ennemi ter-
rassé, au moment même où déjà il s'empressait d'enlever sa dépouille.
Ajoutez encore l'impéritie d'un chef accablé de bonne chère, de vin,
de sommeil. Après avoir coupé la troupe ennemie, il ne songe pas
à ceux qu'il laisse en arrière : ces hommes furieux, désespérant de
la vie de Milon, tombèrent sur lui, et la vengeance de ces esclaves
fidèles ne lui permit pas d'aller plus loin.

Cur igitur eos manumisit? metuebat scilicet, ne indicarent; ne dolorem perferre non possent, ne tormentis cogerentur, occisum esse a servis Milonis in Appia via P. Clodium, confiteri. Quid opus est tortore? Quid quaeris? Occideritne? occidit. Jure, an injuria? nihil ad tortorem. Facti enim in equuleo quaestio est, juris in judicio.

XXII. Quod igitur in causa quaerendum est, id agamus hic : quod tormentis invenire vis, id fatemur. Manu vero cur miserit, si id potius quaeris, quam cur parum amplis affecerit praemiis, nescis inimici factum reprehendere. Dixit enim hic idem, qui omnia semper constanter et fortiter, M. Cato, dixitque in turbulenta concione, quae tamen hujus auctoritate placata est, non libertate solum, sed etiam omnibus praemiis dignissimos fuisse, qui domini caput defendissent. Quod enim praemium satis magnum est tam benevolis, tam bonis, tam fidelibus servis, propter quos vivit? etsi id quidem non tanti est, quam quod propter eosdem non sanguine et vulneribus suis crudelissimi inimici mentem oculosque satiavit. Quos nisi manumisisset, tormentis etiam dedendi fuissent conservatores domini, ultores sceleris, defensores necis. Hic vero nihil habet in his malis, quod minus moleste ferat, quam, etiam si quid ipsi accidat, esse tamen illis meritum praemium persolutum.

Sed quaestiones urgent Milonem, quae sunt habitae nunc in atrio Libertatis. Quibusnam de servis? rogas? de P. Clodii. Quis eos postulavit? Appius [1]. Quis produxit? Appius. Unde? ab Appio. Dii boni ! quid potest agi severius? De servis nulla quaestio est in dominos, nisi de incestu [2], ut fuit in Clodium. Proxime deos accessit Clodius [3], propius quam tum, quum ad ipsos penetrarat; cujus de morte, tanquam de caeremoniis violatis, quaeritur. Sed tamen majores nostri in dominum de servo quaeri noluerunt; non quia non posset verum inveniri, sed quia videbatur indignum esse, et dominis morte ipsa tristius. In reum de servis accusatoris quum quaeritur, verum inveniri potest?

Pourquoi donc Milon les a-t-il affranchis? sans doute il craignait qu'ils ne le nommassent, et que la violence de la question ne les contraignit d'avouer que Clodius a été tué sur la voie Appia par les gens de Milon. Qu'est-il besoin de tortures? Que voulez-vous savoir? Si Milon a tué Clodius? Il l'a tué. S'il en a eu le droit? C'est ce que la torture ne décidera pas. Les bourreaux peuvent arracher l'aveu du fait; les juges seuls prononcent sur le droit.

XXII. Attachons-nous donc au véritable objet de la cause. Ce que vous voulez découvrir par les tortures, nous le confessons. Si vous demandez pourquoi il les a mis en liberté, vous ne savez pas profiter de tous vos avantages : reprochez-lui plutôt de n'avoir pas fait plus pour eux. Caton, dans une assemblée tumultueuse, qui pourtant fut calmée par la présence de ce citoyen respectable, a dit avec ce courage et cette fermeté qu'on admire dans toutes ses paroles, que des esclaves qui avaient défendu leur maître, méritaient non-seulement la liberté, mais les plus magnifiques récompenses. En effet, Milon peut-il assez payer le zèle, l'attachement, la fidélité de ces hommes auxquels il doit la vie? que dis-je? il leur doit bien plus : sans eux, ses blessures et son sang auraient servi à repaître les yeux et l'âme féroce de son cruel ennemi. Et s'il ne les avait pas affranchis, il aurait fallu que les défenseurs de leur maître, ses sauveurs, ses vengeurs, fussent livrés aux horreurs de la question! Ah! du moins une pensée le console dans son infortune; c'est que, quel que soit son destin, il a du moins essayé de les récompenser de leur dévouement.

Mais, dit-on, les esclaves interrogés dans le vestibule de la Liberté déposent contre Milon. Quels sont ces esclaves? ceux de Clodius. Qui a demandé qu'ils fussent interrogés? Appius. Qui les a produits? Appius. D'où sortent-ils? De la maison d'Appius. Grands dieux! quel excès de rigueur! Nulle loi n'admet le témoignage des esclaves contre leurs maîtres, à moins qu'il ne s'agisse d'un sacrilége, ainsi que dans le procès de Clodius. Il s'est donc bien approché des dieux, ce Clodius! il est encore plus près de la Divinité que lorsqu'il pénétra dans ce sanctuaire inviolable, puisqu'on informe sur sa mort comme s'il s'agissait de la profanation des plus saints mystères. Cependant si nos ancêtres n'ont pas voulu qu'un esclave fût entendu contre son maître, ce n'est pas que par cette voie on ne pût arriver à la connaissance de la vérité; c'est que ce moyen leur paraissait indigne, et plus affreux pour les maîtres que la mort même. Mais faire entendre à la charge de l'accusé les esclaves mêmes de l'accusateur, est-ce un moyen de parvenir à la vérité?

Age vero, quæ erat, aut qualis quæstio?— Heus tu, Ruscio, verbi causa, cavesis [1] mentiaris. Clodius insidias fecit Miloni?— Fecit.— Certa crux. — Nullas fecit. — Sperata libertas. Quid hac quæstione certius? Subito arrepti in quæstionem, tamen separantur a ceteris, et in arcas conjiciuntur, ne quis cum iis colloqui possit. Hi centum dies penes accusatorem quum fuissent, ab eo ipso accusatore producti sunt. Quid hac quæstione dici potest integrius? quid incorruptius?

XXIII. Quod si nondum satis cernitis, quum res ipsa tot tam claris argumentis signisque luceat, pura mente atque integra Milonem, nullo scelere imbutum, nullo metu perterritum, nulla conscientia exanimatum, Romam revertisse; recordamini, per deos immortales! quæ fuerit celeritas reditus ejus, qui ingressus in forum, ardente curia, quæ magnitudo animi, qui vultus, quæ oratio [2]. Neque vero se populo solum, sed etiam senatui commisit; neque senatui modo, sed etiam publicis præsidiis et armis; neque his tantum, verum etiam ejus [3] potestati, cui senatus totam rempublicam, omnem Italiæ pubem, cuncta populi romani arma commiserat. Cui nunquam se hic profecto tradidisset, nisi causæ suæ confideret; præsertim omnia audienti, magna metuenti, multa suspicanti, nonnulla credenti. Magna vis est conscientiæ, judices, et magna in utramque partem; ut neque timeant, qui nihil commiserint, et pœnam semper ante oculos versari putent, qui peccarint.

Neque vero sine ratione certa causa Milonis semper a senatu probata est. Videbant enim sapientissimi homines facti rationem, præsentiam animi, defensionis constantiam. An vero obliti estis, judices, recenti illo nuntio necis Clodianæ, non modo inimicorum Milonis sermones et opiniones, sed nonnullorum etiam imperitorum? Negabant eum Romam esse rediturum. Sive enim illud animo irato ac percito fecisset, ut incensus odio trucidaret inimicum, arbitrabantur eum tanti mortem P. Clodii putasse, ut æquo animo patria careret, quum sanguine inimici explesset odium suum; sive etiam illius morte patriam liberare voluisset, non dubitaturum fortem virum, quin, quum suo periculo salutem reipublicæ attulisset, cederet æquo animo legibus, secum auferret gloriam sempiternam,

Et quel était l'objet, quelle était la forme de cette épreuve? Eus-
sion, approche, et prends garde de mentir. Clodius a-t-il dressé des
embûches à Milon? — Oui. — Tu seras mis en croix. — Non. — Tu
seras libre. Quoi de plus infaillible que cette manière de procéder?
Lorsqu'on veut faire entendre des esclaves, on les saisit sans délai :
on fait plus, on les sépare, on les enferme, afin qu'ils ne communi-
quent avec personne. Ceux-ci ont été cent jours au pouvoir de l'accusateur, et c'est ce même accusateur qui les a produits. Quoi de
moins suspect et de plus irréprochable qu'un tel interrogatoire?

XXIII. Si tant de preuves et d'indices aussi clairs ne suffisent pas
encore pour vous convaincre que Milon est revenu à Rome avec une
conscience pure, sans être souillé par le crime, agité par la crainte,
tourmenté par les remords, au nom des dieux, rappelez-vous quelle
fut la célérité de son retour et son entrée dans le forum, pendant
que le palais du sénat était en proie aux flammes; rappelez-vous son
courage, sa fermeté, ses discours. Il se livra non-seulement au peuple, mais encore au sénat; non-seulement au sénat, mais aux gardes
et aux troupes armées par le gouvernement; que dis-je? il se remit à
la discrétion du magistrat que le sénat avait rendu maître de la république entière, de toute la jeunesse de l'Italie, et de toutes les forces
du peuple romain. Croyez-vous qu'il l'eût fait, s'il n'avait été rassuré par son innocence, sachant surtout que Pompée ne négligeait
aucun bruit, qu'il était rempli de défiances et de soupçons dont plusieurs lui paraissaient justes? Telle est la force de la conscience; tel
est son pouvoir sur l'innocent et sur le coupable : le premier ne
craint rien, l'autre voit partout les apprêts du supplice.

Ce n'est donc pas sans une raison puissante que le sénat s'est toujours montré favorable à la cause de Milon : cette sage compagnie a
vu en lui une conduite qui ne s'est jamais démentie, une fermeté et une
constance inaltérables. Avez-vous oublié, juges, quels furent, au
premier bruit de la mort de Clodius, les discours et les opinions,
non-seulement des ennemis de Milon, mais même de quelques hommes peu éclairés? Ils prétendaient qu'il ne rentrerait pas dans Rome;
car, disaient-ils, s'il a tué Clodius par haine et par colère, satisfait
d'avoir assouvi sa fureur dans le sang de son ennemi, il s'exilera
volontairement, et ne croira pas avoir payé trop cher le plaisir de
s'être vengé. Si, au contraire, il n'a cherché qu'à délivrer la patrie,
ce généreux citoyen, après avoir sauvé l'État au péril de ses jours,
se fera un devoir d'obéir aux lois; il emportera la gloire de cette action immortelle, et nous laissera jouir des biens qu'il nous a con-

nobis hæc fruenda relinqueret, quæ ipse servasset. Multi etiam
Catilinam atque illa portenta loquebantur [1] : erumpet, occupabit
aliquem locum, bellum patriæ faciet. Miseros interdum cives,
optime de republica meritos! in quibus homines non modo res
præclarissimas obliviscuntur, sed etiam nefarias suspicantur.
Ergo illa falsa fuerunt : quæ certe vera exstitissent, si Milo
admisisset aliquid, quod non posset honeste vereque defendere.

XXIV. Quid? quæ postea sunt in eum congesta, quæ quem-
vis etiam mediocrium delictorum conscientia perculissent, ut
sustinuit, dii immortales! Sustinuit? immo vero, ut contemsit,
ac pro nihilo putavit! quæ neque maximo animo nocens, neque
innocens, nisi fortissimus vir, negligere potuisset. Scutorum,
gladiorum, frenorum, sparorum pilorumque etiam multitudo
deprehendi posse indicabatur. Nullum in urbe vicum, nullum
angiportum esse dicebant, in quo Miloni non esset conducta
domus; arma in villam Ocriculanam [2] devecta Tiberi; domum
in clivo Capitolino scutis refertam; plena omnia malleolorum ad
urbis incendia comparatorum. Hæc non delata solum, sed
pæne credita; nec ante repudiata sunt, quam quæsita.

Laudabam equidem incredibilem diligentiam Cn. Pompeii :
sed dicam, ut sentio, judices. Nimis multa audire coguntur,
neque aliter facere possunt ii, quibus tota commissa est respublica. Quin etiam fuerit audiendus popa [3] Licinius, nescio quis,
de circo maximo [4] : servos Milonis apud se ebrios factos, sibi
confessos esse, de interficiendo Cn. Pompeio conjurasse; deinde
postea se gladio percussum esse ab uno de illis, ne indicaret.
Pompeio in hortos nuntiavit. Arcessor in primis. De amicorum
sententia, rem defert ad senatum. Non poteram, in illius mei
patriæque custodis tanta suspicione, non metu exanimari : sed
mirabar tamen, credi popæ; ebriosorum confessionem servorum audiri; vulnus in latere, quod acu punctum videretur,
pro ictu gladiatoris probari.

Verum, ut intelligo, cavebat magis Pompeius, quam timebat,
non ea solum, quæ timenda erant, sed omnino omnia, ne aliquid vos timeretis. Oppugnata domus C. Cæsaris [5], clarissimi et
fortissimi viri, per multas noctis horas nuntiabatur. Nemo au-

servés. Quelques-uns même parlaient de Catilina et de ses affreux complots. Il éclatera, disait-on ; il s'emparera de quelque place ; il fera la guerre à la patrie. Ah ! que les hommes qui ont le mieux mérité de l'État sont quelquefois à plaindre ! C'est peu qu'on oublie leurs actions les plus glorieuses : on leur suppose même des projets criminels. L'événement a démenti tous ces bruits : il les aurait justifiés, si Milon avait en rien blessé l'honneur et la justice.

XXIV. Et depuis, quelles imputations accumulées contre lui ! elles auraient suffi pour remplir d'effroi quiconque aurait eu à se reprocher la faute la plus légère. Grands dieux ! quelle fermeté, ou plutôt quel mépris il leur a opposé ! Le coupable le plus audacieux, l'homme le plus innocent, s'il n'eût été en même temps le plus intrépide, n'aurait pu conserver sa tranquillité. On parlait d'un amas de boucliers, d'épées, de harnais, de dards, de javelots ; on désignait les lieux. Il n'était pas un seul quartier, un seul coin dans Rome, où Milon n'eût loué une maison. Des armes avaient été transportées par le Tibre à sa campagne d'Ocriculum ; sa maison, à la descente du Capitole, était pleine de boucliers ; tout était rempli de torches incendiaires. Ces calomnies ont été répandues ; elles ont été accréditées ; on ne les a rejetées enfin qu'après avoir fait les plus exactes perquisitions.

Je louais l'activité incroyable de Pompée : mais je dirai, juges, ce que je pense. Ceux à qui l'on a confié le soin de la république sont obligés sans doute de prêter l'oreille à de vains discours. Mais qu'il ait fallu écouter un homme de la lie du peuple, un je ne sais quel Licinius établi dans le grand cirque ! Il racontait que des esclaves de Milon, s'étant enivrés dans sa maison, lui avaient confié qu'ils devaient tuer Pompée ; il ajoutait qu'un d'eux l'avait frappé de son épée, dans la crainte qu'il ne les dénonçât. Il courut aux jardins de Pompée faire sa déclaration. Celui-ci m'appela sur-le-champ ; et par le conseil de ses amis, il en fit son rapport au sénat. Je ne pouvais qu'être glacé d'effroi, en voyant le magistrat chargé de veiller au salut de la patrie et à ma propre sûreté, agité par ces horribles soupçons. Cependant j'étais étonné qu'on en crût un homme de cet état, qu'on écoutât les propos d'esclaves pleins de vin, et qu'on prît une piqûre d'aiguille pour un coup d'épée donné par un gladiateur.

Il est évident que Pompée ne craignait rien, mais que, pour assurer votre tranquillité, il se précautionnait contre l'apparence même du danger. On annonçait que la maison de César avait été assiégée plusieurs heures de la nuit. Nul, dans un quartier aussi fréquenté,

dierat tam celebri loco [1], nemo senserat. Tamen audiebatur.
Non poteram Cn. Pompeium, præstantissima virtute virum,
timidum suspicari : diligentiam, tota republica suscepta, ni-
miam nullam putabam. Frequentissimo senatu nuper in Capi-
tolio, senator inventus est, qui Milonem cum telo esse diceret.
Nudavit se in sanctissimo templo, quoniam vita talis et civis et
viri fidem non faciebat, nisi, eo tacente, res ipsa loqueretur.

XXV. Omnia falsa atque insidiose ficta comperta sunt.
Quod si tamen metuitur etiam nunc Milo, non hoc jam Clodianum crimen timemus, sed tuas, Cn. Pompei (te enim jam appello [2] ea voce, ut me audire possis), tuas, tuas, inquam, suspi-
ciones perhorrescimus. Si Milonem times, si hunc de tua vita
nefarie aut nunc cogitare, aut molitum aliquando aliquid putas;
si Italiæ delectus, ut nonnulli conquisitores tui dictitant, si hæc
arma, si Capitolinæ cohortes, si excubiæ, si vigiliæ, si delecta
juventus, quæ tuum corpus domumque custodit, contra Milonis
impetum armata est, atque illa omnia in hunc unum instituta,
parata, intenta sunt : magna in hoc certe vis, et incredibilis
animus, et non unius viri vires atque opes indicantur, si quidem in hunc unum et præstantissimus dux electus, et tota respublica armata est.

Sed quis non intelligit, omnes tibi reipublicæ partes, ægras et
labantes, ut eas his armis sanares et confirmares, esse com-
missas? Quod si Miloni locus datus esset [3], probasset profecto
tibi ipsi, neminem unquam hominem homini cariorem fuisse,
quam te sibi : nullum se unquam periculum pro tua dignitate
fugisse : cum illa ipsa teterrima peste sæpissime pro tua gloria
contendisse : tribunatum suum ad salutem meam, quæ tibi
carissima fuisset, consiliis tuis gubernatum : se a te postea defensum in periculo capitis [4], adjutum in petitione præturæ :
duos se habere semper amicissimos sperasse ; te tuo beneficio,
me suo. Quæ si non probaret; si tibi ita penitus inhæsisset
ista suspicio, nullo ut evelli modo posset; si denique Italia a
delectu, urbs ab armis, sine Milonis clade, nunquam esset
conquietura : næ iste haud dubitans cessisset patria, is, qui
ita natus est, et ita consuevit; te, Magne, tamen antestaretur,
quod nunc etiam facit.

n'avait rien entendu, nul n'avait rien aperçu. Cependant on écoutait ces rapports. Je connaissais trop bien le courage de Pompée pour l'accuser de timidité, et je pensais que chargé du soin de la république entière, il ne pouvait prendre trop de précautions. Ces jours derniers, dans une assemblée nombreuse au Capitole, un sénateur osa dire que Milon avait des armes sous sa toge; Milon, sans répondre un seul mot, se dépouilla dans ce temple auguste, afin que les faits parlassent eux-mêmes, puisque la conduite d'un citoyen et d'un homme tel que lui ne le garantissait pas d'un tel soupçon.

XXV. Tout s'est trouvé faux, et les mensonges de la méchanceté ont été reconnus. Si cependant on le redoute encore, ce n'est plus le meurtre de Clodius, ce sont vos soupçons; oui, Pompée, j'élève la voix, pour que vous puissiez m'entendre; oui, vos soupçons seuls nous font trembler. Si vous craignez Milon, si vous pensez qu'il médite quelque projet contre vous, ou qu'il ait jamais attenté à vos jours; si, comme le publient vos officiers, les levées qu'on fait dans l'Italie, si les troupes qui nous environnent, si les cohortes postées dans le Capitole, si les gardes et les sentinelles, si l'élite de la jeunesse qui veille autour de votre personne et de votre demeure, sont armés contre Milon, si toutes ces précautions ont été prises, établies, dirigées contre lui seul : assurément faire choix du plus grand des généraux, armer la république entière pour résister au seul Milon, c'est reconnaître en lui une force extraordinaire, c'est lui supposer plus de moyens et de ressources qu'un seul homme n'en peut avoir.

Mais qui ne voit que toutes les forces de l'État ont été remises en vos mains, pour vous donner les moyens de raffermir la république ébranlée et chancelante? Milon, si vous eussiez voulu l'entendre, vous aurait démontré que jamais on n'eut plus d'affection pour aucun mortel qu'il n'en a conçu pour vous; qu'il a bravé mille dangers pour les intérêts de votre gloire; que souvent, pour la soutenir, il a combattu contre ce monstre exécrable; que tout son tribunat a été dirigé par vos conseils vers mon rappel que vous désiriez avec ardeur; que, depuis mon retour, vous l'avez défendu dans une cause capitale, et secondé dans la demande de la préture; qu'il espérait avoir en nous deux amis attachés à lui pour jamais, vous par votre bienfait, moi par le sien. S'il n'avait pas réussi à vous persuader, si rien n'avait pu détruire ce soupçon trop profondément gravé dans votre âme; si enfin, pour désarmer Rome et faire cesser les levées dans l'Italie, il eût fallu que Milon fût sacrifié, n'en doutons pas, il se serait exilé volontairement; son caractère et sa conduite en sont de sûrs garants : toutefois, en s'éloignant, il vous aurait pris à témoin de ses sentiments, comme il le fait aujourd'hui.

XXVI. Vide, quam sit varia vitæ commutabilisque ratio, quam vaga volubilisque fortuna, quantæ infidelitates in amicis, quam ad tempus aptæ simulationes, quantæ in periculis fugæ proximorum, quantæ timiditates. Erit, erit illud profecto tempus, et illucescet aliquando ille dies, quum tu, salvis, ut spero, rebus tuis, sed fortasse motu aliquo communium temporum immutatis (qui quam crebro accidat, experti debemus scire), et amicissimi benevolentiam, et gravissimi hominis fidem, et unius post homines natos fortissimi viri magnitudinem animi desideres.

Quanquam quis hoc credat, Cn. Pompeium, juris publici, moris majorum, rei denique publicæ peritissimum, quum senatus ei commiserit, ut videret, NE QUID RESPUBLICA DETRIMENTI CAPERET; quo uno versiculo satis armati semper consules fuerunt[1], etiam nullis armis datis; hunc exercitu, hunc delectu dato, judicium exspectaturum fuisse in ejus consiliis vindicandis, qui vel judicia ipsa tolleret? Satis judicatum est a Pompeio, satis, falso ista conferri in Milonem : qui legem tulit, qua, ut ego sentio, Milonem absolvi a vobis oporteret; ut omnes confitentur, liceret.

Quod vero in illo loco, atque illis publicorum præsidiorum copiis circumfusus sedet, satis declarat, se non terrorem inferre vobis (quid enim illo minus dignum, quam cogere, ut vos eum condemnetis, in quem animadvertere ipse, et more majorum, et suo jure posset?), sed præsidio esse : ut intelligatis, contra hesternam concionem illam[2], licere vobis, quod sentiatis, libere judicare.

XXVII. Nec vero me, judices, Clodianum crimen movet[3] ; nec tam sum demens, tamque vestri sensus ignarus atque expers, ut nesciam, quid de morte Clodii sentiatis. De qua, si jam nollem ita diluere crimen, ut dilui, tamen impune Miloni palam clamare atque mentiri gloriose liceret : Occidi, occidi, non Sp. Melium, qui, annona levanda, jacturisque rei familiaris, quia nimis amplecti plebem putabatur, in suspicionem incidit regni appetendi : non Tib. Gracchum[4], qui collegæ magistratum per seditionem abrogavit; quorum interfectores implerunt orbem terrarum nominis sui gloria : sed eum (auderet enim dicere, quum patriam periculo suo liberasset), cujus nefandum

XXVI. Considérez, ô grand Pompée, à quelles variations la vie est sujette; quelle est l'inconstance et la légèreté de la fortune; quelles infidélités on éprouve de la part de ses amis; combien de perfides savent s'accommoder aux circonstances, combien nos parents mêmes sont timides, et prompts à nous abandonner dans les dangers. J'espère que rien ne détruira votre prospérité; mais enfin un temps peut venir, oui, Pompée, un jour peut arriver, où par l'effet de quelqu'une de ces révolutions si communes dans le cours des choses humaines, vous aurez à regretter l'absence de l'ami le plus ardent, de l'homme le plus ferme, et du citoyen le plus généreux que les siècles aient jamais produit.

Eh! qui croira jamais que Pompée, connaissant si bien le droit public, les usages de nos ancêtres, les intérêts de l'État, chargé par le sénat de veiller *à ce que la chose publique ne souffre aucun dommage,* espèce de formule qui seule, et même sans le secours des armes, donna toujours assez de force aux consuls; qui croira, dis-je, que Pompée, ayant une armée à ses ordres, avec le droit de lever des troupes, aurait attendu l'arrêt des juges, pour punir un homme qui aurait voulu anéantir les tribunaux mêmes? Il a fait assez voir ce qu'il pensait de tout ce qu'on impute à Milon, quand il a porté une loi qui, selon moi, vous fait un devoir, ou qui du moins, de l'aveu de tous, vous donne le droit de l'absoudre.

S'il se montre dans le poste où vous le voyez, entouré de la force publique, ce n'est pas qu'il cherche à vous intimider: il serait indigne de lui de vous contraindre à condamner un homme que l'exemple de nos ancêtres et le pouvoir dont il est revêtu l'autorisaient à punir lui-même. Il vient vous prêter son appui, et vous faire connaître que, malgré la harangue d'hier, vous pouvez énoncer librement le vœu de votre conscience.

XXVII. Au reste, cette accusation n'a rien qui m'effraye. Je ne suis ni assez dépourvu de raison, ni assez peu instruit de vos sentiments, pour ignorer ce que vous pensez de la mort de Clodius. Si je n'avais pas voulu justifier Milon, comme je viens de le faire, il pourrait impunément se glorifier d'une action qu'il n'a pas faite, et s'écrier: Romains, j'ai tué, non pas Sp. Mélius, qui fut soupçonné d'aspirer à la royauté, parce qu'il semblait, en abaissant le prix du blé aux dépens de sa fortune, rechercher avec trop de soin la faveur de la multitude; non pas Tib. Gracchus, qui excita une sédition pour destituer son collègue: ceux qui leur ont donné la mort ont rempli le monde entier de la gloire de leur nom. Mais j'ai tué, car il ne craindrait pas de le dire après avoir sauvé la patrie au péril de ses

PLAIDOYER POUR T. A. MILON. 3

adulterium [1] in pulvinaribus sanctissimis nobilissimæ feminæ comprehenderunt : eum, cujus supplicio senatus solemnes religiones expiandas sæpe censuit : eum, quem cum sorore germana nefarium stuprum fecisse L. Lucullus juratus se, quæstionibus habitis, dixit comperisse [2] : eum, qui civem, quem senatus [3], quem populus, quem omnes gentes urbis ac vitæ civium conservatorem judicarant, servorum armis exterminavit : eum, qui regna dedit, ademit [4], orbem terrarum, quibuscum voluit, partitus est [5] : eum, qui, plurimis cædibus in foro factis, singulari virtute et gloria civem [6] domum vi et armis compulit : eum, cui nihil unquam nefas fuit nec in facinore, nec in libidine : eum, qui ædem Nympharum [7] incendit, ut memoriam publicam recensionis, tabulis publicis impressam, exstingueret [8] : eum denique, cui jam nulla lex erat, nullum civile jus, nulli possessionum termini ; qui non calumnia litium, non injustis vindiciis ac sacramentis alienos fundos, sed castris, exercitu, signis inferendis petebat ; qui non solum Etruscos [9] (eos enim penitus contemserat), sed hunc Q. Varium [10], virum fortissimum atque optimum civem, judicem nostrum, pellere possessionibus, armis castrisque conatus est ; qui cum architectis et decempedis villas multorum hortosque peragrabat ; qui Janiculo et Alpibus spem possessionum terminabat suarum ; qui, quum ab equite romano splendidissimo et forti viro, T. Pacuvio, non impetrasset, ut insulam in lacu Prelio [11] venderet, repente lintribus in eam insulam materiam, calcem, cæmenta, arma convexit, dominoque trans ripam inspectante, non dubitavit ædificium exstruere in alieno ; qui huic T. Furfanio [12], cui viro ? dii immortales! (quid enim ego de muliercula Scantia? quid de adolescente Aponio dicam ? quorum utrique mortem est minitatus, nisi sibi hortorum possessione cessisset) sed ausus est Furfanio dicere, si sibi pecuniam, quantam poposcerat, non dedisset, mortuum se in domum ejus illaturum, qua invidia huic esset tali viro conflagrandum [13]; qui Appium fratrem [14], hominem mihi conjunctum fidissima gratia, absentem de possessione fundi dejecit; qui parietem sic per vestibulum sororis [15] instituit ducere, sic agere fundamenta, ut sororem non modo vestibulo privaret, sed omni aditu et limine.

XXVIII. Quanquam hæc quidem jam tolerabilia videbantur,

jours, j'ai tué l'homme que nos Romaines les plus illustres ont surpris en adultère sur les autels les plus sacrés ; l'homme dont le supplice pouvait seul, au jugement du sénat, expier nos mystères pro-
fanés ; l'homme que Lucullus a déclaré, sous la foi du serment,
coupable d'un inceste avec sa propre sœur. J'ai tué le factieux qui,
secondé par des esclaves armés, chassa de Rome un citoyen que le
sénat, que le peuple romain, que toutes les nations regardaient
comme le sauveur de Rome et de l'empire ; qui donnait et ravissait les
royaumes ; qui distribuait l'univers au gré de ses caprices ; qui rem-
plissait le forum de meurtres et de sang ; qui contraignit par la violence et les armes le plus grand des Romains à se renfermer dans
sa maison ; qui ne connut jamais de frein ni dans le crime ni dans la
débauche ; qui brûla le temple des Nymphes, afin d'anéantir les
registres publics et de ne laisser aucune trace du dénombrement.
Oui, Romains, celui que j'ai tué ne respectait plus ni les lois, ni les
titres, ni les propriétés ; il s'emparait des possessions, non plus par
des procès injustes, et par des arrêts surpris à la religion des juges,
mais par la force, marchant avec des soldats, enseignes déployées ;
à la tête de ses troupes, il essaya de chasser de leurs biens, je ne
dirai pas les Étrusques, objet de ses mépris, mais Q. Varius lui-
même, ce citoyen respectable, assis parmi nos juges ; il parcourait
les campagnes et les jardins, suivi d'architectes et d'arpenteurs ; dans
l'ivresse de ses espérances, il n'assignait d'autres bornes à ses
domaines que le Janicule et les Alpes ; T. Pacuvius, chevalier
romain, avait refusé de lui vendre une île sur le lac Prélius, aussitôt
il y fit transporter des matériaux et des instruments, et sous les yeux
du propriétaire, qui le regardait de l'autre bord, il éleva un édifice
sur un terrain qui n'était pas à lui. Une femme, un enfant n'ont
pas trouvé grâce à ses yeux : Aponius et Scantia furent menacés de
la mort, s'ils ne lui abandonnaient leurs jardins. Que dis-je ? il osa
déclarer à T. Furfanius, oui, à Furfanius, que, s'il ne lui donnait
tout l'argent qu'il lui avait demandé, il porterait un cadavre dans
sa maison, afin de jeter sur cet homme respectable tout l'odieux
d'un assassinat. En l'absence de son frère Appius, un de mes plus
sincères amis, il s'empara de sa terre ; enfin il entreprit de bâtir un
mur et d'en conduire les fondations à travers le vestibule de sa
sœur, de manière qu'il aurait non-seulement interdit l'usage du vestibule, mais entièrement fermé l'entrée de la maison.

XXVIII. Cependant, quoiqu'il attaquât sans distinction la répu-

etsi æquabiliter in rempublicam, in privatos, in longinquos, in propinquos, in alienos, in suos irruebat; sed, nescio quomodo, jam usu obduruerat et percalluerat civitatis incredibilis patientia. Quæ vero aderant jam, et impendebant, quonam modo ea aut depellere potuissetis, aut ferre, imperium si ille nactus esset? Omitto socios, exteras nationes, reges, tetrarchas; vota enim faceretis, ut in eos se potius mitteret, quam in vestras possessiones, vestra tecta, vestras pecunias : pecunias dico? a liberis, a liberis, medius fidius [1], et a conjugibus vestris nunquam ille effrenatas suas libidines cohibuisset. Fingi hæc putatis, quæ patent? hæc, quæ nota sunt omnibus? quæ tenentur? servorum exercitus illum in urbe conscripturum fuisse, per quos totam rempublicam resque privatas omnium possideret?

Quamobrem, si cruentum gladium tenens clamaret T. Annius [2] : Adeste, quæso, atque audite, cives : P. Clodium interfeci ; ejus furores, quos nullis jam legibus, nullis judiciis frenare poteramus, hoc ferro et hac dextera a cervicibus vestris repuli ; per me ut unum, jus, æquitas, leges, libertas, pudor, pudicitia in civitate manerent : esset vero timendum, quonam modo id ferret civitas? nunc enim quis est qui non probet? qui non laudet? qui non unum post hominum memoriam T. Annium plurimum reipublicæ profuisse, maxima lætitia populum romanum, cunctam Italiam, nationes omnes affecisse et dicat et sentiat? Nequeo, vetera illa populi romani quanta fuerint gaudia, judicare. Multas tamen jam summorum imperatorum clarissimas victorias ætas nostra vidit; quarum nulla neque tam diuturnam attulit lætitiam, nec tantam.

Mandate hoc memoriæ, judices. Spero multa vos liberosque vestros in republica bona esse visuros : in his singulis ita semper existimabitis, vivo P. Clodio, nihil eorum vos visuros fuisse. In spem maximam, et, quemadmodum confido, verissimam adducti sumus, hunc ipsum annum, hoc ipso summo viro consule, compressa hominum licentia, cupiditatibus fractis, legibus et judiciis constitutis, salutarem civitati fore. Num quis igitur est tam demens, qui hoc, P. Clodio vivo, contingere potuisse arbitretur? Quid? ea, quæ tenetis, privata atque vestra, dominante homine furioso, quod jus perpetuæ possessionis habere potuissent?

blique et les individus, quoiqu'il s'élançât, de près comme de loin,
sur les étrangers comme sur sa propre famille, on commençait à
s'accoutumer à ses excès : la patience des citoyens semblait s'être
endurcie, et l'habitude de souffrir avait produit l'insensibilité. Mais
les maux qui allaient fondre sur vous, comment auriez-vous pu les
détourner ou les supporter, s'il se fût trouvé maître dans Rome ? Je
ne parle point des alliés, des nations étrangères, des princes et des
rois ; car vous auriez formé des vœux pour que sa fureur s'acharnât
sur eux plutôt que sur vos héritages, sur vos maisons et sur vos
fortunes ; que dis-je, vos fortunes ? vos enfants, oui, vos enfants et
vos femmes auraient été la proie de sa brutalité effrénée. Eh ! n'est-ce
pas une vérité publique, reconnue, avouée de tous, que Clodius
aurait levé dans Rome une armée d'esclaves pour envahir la république et dépouiller les citoyens ?

Si donc Milon, tenant son épée encore fumante, s'écriait : Appro-
chez, Romains, écoutez-moi ! j'ai tué Clodius ; ses fureurs, que les
lois et les tribunaux ne pouvaient plus réprimer, ce fer et ce bras
les ont écartées de vos têtes ; par moi, et par moi seul, la justice, les
lois, la liberté, l'innocence et les mœurs seront encore respectées
dans nos murs ; serait-il à craindre qu'il n'obtînt pas l'aveu de tous
les citoyens ? En effet, en est-il un seul aujourd'hui qui ne l'ap-
prouve, qui ne le loue, qui ne pense et ne dise que, depuis la naissance de Rome, personne ne rendit jamais un plus grand service à
l'État, et n'inspira plus de joie au peuple romain, à l'Italie entière,
à toutes les nations ? Je ne puis dire quels transports nos premières
prospérités ont excités chez nos ancêtres ; mais notre siècle a vu plusieurs grandes victoires remportées par d'illustres généraux, et
nulle n'a répandu une allégresse aussi universelle et aussi durable.

Je le prédis, Romains, souvenez-vous de mes paroles : vous verrez, ainsi que vos enfants, beaucoup d'événements heureux pour la
république ; et chaque fois vous conviendrez qu'aucun d'eux n'aurait
eu lieu, si Clodius avait été vivant. Nous sommes dans la confiance
la plus ferme, et j'ose dire, la mieux fondée, que, cette année
même, la licence et l'ambition recevront un frein, que les lois et les
tribunaux seront rétablis, que le consulat du grand Pompée ramè-
nera l'ordre et la félicité publique. Quel homme assez dépourvu de
raison pourra penser que ce bonheur eût été possible du vivant de
Clodius ? Mais vos biens mêmes, vos propriétés particulières, auriez-
vous pu vous flatter jamais de les posséder avec sécurité sous la
domination de ce furieux ?

XXIX. Non timeo, judices, ne odio inimicitiarum mearum inflammatus, libentius hæc in illum evomere videar, quam verius. Etenim, etsi præcipuum esse debebat, tamen ita communis erat omnium ille hostis, ut in communi odio pæne æqualiter versaretur odium meum. Non potest dici satis, ne cogitari quidem, quantum in illo sceleris, quantum exitii fuerit. Quin sic attendite, judices. Nempe hæc est quæstio de interitu P. Clodii. Fingite animis : liberæ enim sunt cogitationes nostræ, et, quæ volunt, sic intuentur, ut ea cernimus, quæ videmus[1]. Fingite igitur cogitatione imaginem hujus conditionis meæ, si possim efficere, ut Milonem absolvatis, sed ita, si P. Clodius revixerit. Quid vultu extimuistis? Quonam modo ille vos vivus afficeret, quos mortuus inani cogitatione percussit?

Quid? si ipse Cn. Pompeius, qui ea virtute ac fortuna est, ut ea potuerit semper, quæ nemo præter illum; si is, inquam, potuisset, ut quæstionem de morte P. Clodii ferre, sic ipsum ab inferis excitare : utrum putatis potius facturum fuisse? Etiamsi propter amicitiam vellet illum ab inferis evocare, propter rempublicam non fecisset. Ejus igitur mortis sedetis ultores, cujus vitam si putetis per vos restitui posse, nolletis; et de ejus nece lata quæstio est, qui si eadem lege reviviscere posset, lata lex nunquam esset. Hujus ergo interfector qui esset, in confitendo ab iisne pœnam timeret, quos liberavisset?

Græci homines deorum honores tribuunt iis viris, qui tyrannos necaverunt. Quæ ego vidi Athenis! quæ aliis in urbibus Græciæ! quas res divinas talibus institutas viris! quos cantus! quæ carmina! prope ad immortalitatis et religionem et memoriam consecrantur. Vos tanti conservatorem populi, tanti sceleris ultorem, non modo honoribus nullis afficietis, sed etiam ad supplicium rapi patiemini? Confiteretur, confiteretur, inquam, si fecisset, et magno animo et libente se fecisse, libertatis omnium causa : quod ei certe non confitendum modo fuisset, verum etiam prædicandum.

XXX. Etenim, si id non negat, ex quo nihil petit, nisi ut ignoscatur, dubitaret id fateri, ex quo etiam præmia laudis essent petenda? nisi vero gratius putat esse vobis, sui se capitis, quam vestri, defensorem fuisse : quum præsertim in ea confessione, si grati esse velletis, honores assequeretur

XXIX. Et ne dites pas qu'emporté par la haine, je déclame avec plus de passion que de vérité contre un homme qui fut mon ennemi. Sans doute personne n'eut plus que moi le droit de le haïr : mais c'était l'ennemi commun; et ma haine personnelle pouvait à peine égaler l'horreur qu'il inspirait à tous. Il n'est pas possible d'exprimer ni même de concevoir à quel point de scélératesse le monstre était parvenu. Et puisqu'il s'agit ici de la mort de Clodius, imaginez, citoyens, car nos pensées sont libres, et notre âme peut se rendre de simples fictions aussi sensibles que les objets qui frappent nos yeux; imaginez, dis-je, qu'il soit en mon pouvoir de faire absoudre Milon, sous la condition que Clodius revivra. Eh quoi! vous pâlissez! quelles seraient donc vos terreurs s'il était vivant, puisque, tout mort qu'il est, la seule pensée qu'il puisse revivre vous pénètre d'effroi!

Si Pompée lui-même, dont le courage et la fortune ont opéré des prodiges qui n'étaient possibles qu'à lui seul, si Pompée avait eu le choix, ou de poursuivre la mort de Clodius, ou de le rappeler à la vie, que pensez-vous qu'il eût préféré? Vainement l'amitié se serait fait entendre, il n'aurait écouté que l'intérêt de l'État. Vous siégez donc ici pour venger un homme à qui vous ne rendriez pas la vie, si vous en aviez le pouvoir ; et ce tribunal a été érigé par une loi qui n'aurait pas été portée si elle eût pu le faire revivre. Celui qui l'aurait tué craindrait-il donc, en l'avouant, d'être puni par ceux qu'il aurait délivrés?

Les Grecs rendent les honneurs divins à ceux qui tuèrent des tyrans. Que n'ai-je pas vu dans Athènes et dans les autres villes de la Grèce? quelles fêtes instituées en mémoire de ces généreux citoyens! quels hymnes! quels cantiques! le souvenir, le culte même des peuples, consacrent leurs noms à l'immortalité. Et vous, loin de décerner des honneurs au conservateur d'un si grand peuple, au vengeur de tant de forfaits, vous souffrirez qu'on le traîne au supplice? S'il avait tué Clodius, il avouerait, oui, Romains, il avouerait qu'il l'a fait, qu'il l'a voulu faire pour sauver la liberté publique; et ce serait peu de l'avouer, il devrait même s'en glorifier.

XXX. En effet, s'il ne nie pas une action pour laquelle il demande uniquement d'être absous, que serait-ce lorsqu'il pourrait prétendre aux honneurs et à la gloire? à moins qu'il ne pensât que vous lui saurez plus de gré d'avoir défendu ses jours que d'avoir sauvé les vôtres. Et que risquerait-il? cet aveu, si vous vouliez être reconnaissants, lui assurerait les récompenses les plus honorables.

amplissimos. Si factum vobis non probaretur (quanquam qui poterat salus sua cuique non probari?), sed tamen si minus fortissimi viri virtus civibus grata cecidisset, magno animo constantique cederet ex ingrata civitate. Nam quid esset ingratius, quam lætari ceteros, lugere eum solum, propter quem ceteri lætarentur?

Quanquam hoc animo semper fuimus omnes in patriæ proditoribus opprimendis, ut, quoniam nostra futura esset gloria, periculum quoque et invidiam nostram putaremus. Nam quæ mihi ipsi tribuenda laus esset, quum tantum in consulatu meo pro vobis ac liberis vestris ausus essem, si id, quod conabar, sine maximis dimicationibus meis me esse ausurum arbitrarer? Quæ mulier sceleratum ac perniciosum civem occidere non auderet, si periculum non timeret? Proposita invidia, morte, pœna, qui nihilo segnius rempublicam defendit, is vir vere putandus est. Populi grati est, præmiis afficere bene meritos de republica cives; viri fortis, ne suppliciis quidem moveri, ut fortiter fecisse pœniteat.

Quamobrem uteretur eadem confessione T. Annius, qua Ahala, qua Nasica, qua Opimius, qua Marius, qua nosmetipsi : et, si grata respublica esset, lætaretur; si ingrata, tamen in gravi fortuna conscientia sua niteretur. Sed hujus beneficii gratiam, judices, fortuna populi romani, et vestra felicitas, et dii immortales sibi deberi putant [1]. Nec vero quisquam aliter arbitrari potest, nisi qui nullam vim esse ducit, numenve divinum : quem neque imperii vestri magnitudo, neque sol ille, nec cœli signorumque motus, nec vicissitudines rerum atque ordines movent, neque, id quod maximum est, majorum nostrorum sapientia, qui sacra, qui cæremonias, qui auspicia et ipsi sanctissime coluerunt, et nobis, suis posteris, prodiderunt.

XXXI. Est, est profecto illa vis; neque in his corporibus atque in hac imbecillitate nostra inest quiddam, quod vigeat et sentiat, et non inest in hoc tanto naturæ, tam præclaro motu. Nisi forte idcirco esse non putant, quia non apparet, nec cernitur : proinde quasi nostram ipsam mentem, qua sapimus, qua providemus, qua hæc ipsa agimus ac dicimus,

Si au contraire vous n'approuviez pas sa conduite (eh! qui pourrait ne pas approuver ce qui fait son salut?), si pourtant la vertu de l'homme le plus généreux pouvait déplaire à ses concitoyens, alors, sans se repentir d'une action vertueuse, il sortirait d'une patrie ingrate. Ne serait-ce pas en effet le comble de l'ingratitude que tous les citoyens se livrassent à la joie, pendant que l'auteur de l'allégresse publique serait seul dans le deuil?

Au reste, citoyens, toutes les fois que nos bras ont frappé des traîtres, nous avons tous pensé que, s'il nous appartenait d'en recueillir la gloire, c'était à nous aussi que les périls et les haines étaient réservés. A quels éloges pourrais-je prétendre, après avoir tant osé pour vous et pour vos enfants, pendant mon consulat, si j'avais cru pouvoir le faire sans m'exposer aux plus violentes persécutions? quelle femme n'oserait pas immoler un scélérat et un traître, si nul danger n'était à craindre? Voir devant soi la haine, la mort, le supplice, et n'en être pas moins ardent à défendre la patrie, voilà ce qui caractérise le grand homme. Il est d'un peuple reconnaissant de récompenser les services rendus à l'État; mais le devoir d'un citoyen courageux est d'envisager le supplice même, sans se repentir d'avoir eu du courage.

Milon ferait donc ce qu'ont fait Ahala, Nasica, Opimius, Marius, ce que j'ai fait moi-même : il avouerait son action; et si la république était reconnaissante, il s'en féliciterait; si elle était ingrate, il serait du moins consolé par le témoignage de sa conscience. Mais ce bienfait, citoyens, ce n'est pas à lui que vous le devez, c'est à la fortune du peuple romain, c'est à votre bonheur, c'est aux dieux immortels. Pour les méconnaître ici, il faudrait nier l'existence de la divinité, voir sans en être ému la grandeur de votre empire, le soleil qui nous éclaire, le mouvement régulier du ciel et des astres, les vicissitudes et l'ordre constant des saisons, et pour dire encore plus, la sagesse de nos ancêtres, qui ont maintenu avec tant de respect les sacrifices, les cérémonies et les auspices qu'ils ont religieusement transmis à leur postérité.

XXXI. Il existe, oui, certes, il existe une puissance qui préside à toute la nature : et si, dans nos corps faibles et fragiles, nous sentons un principe actif et pensant qui les anime, combien plus une intelligence souveraine doit-elle diriger les mouvements admirables de ce vaste univers! Osera-t-on la révoquer en doute, parce qu'elle échappe à nos sens, et qu'elle ne se montre pas à nos regards? Mais cette âme qui vit en nous, par qui nous pensons et nous prévoyons,

3.

videre, aut plane, qualis aut ubi sit, sentire possimus. Ea
vis, ea ipsa igitur, quæ sæpe incredibiles huic urbi felicitates
atque opes attulit, illam perniciem exstinxit ac sustulit;
cui primum mentem injecit, ut vi irritare ferroque lacessere
fortissimum virum auderet, vincereturque ab eo, quem si
vicisset, habiturus esset impunitatem et licentiam sempiternam. Non est humano consilio, ne mediocri quidem, judices,
deorum immortalium cura, res illa perfecta. Religiones me-
hercule ipsæ, quæ illam belluam cadere viderunt, commosse
se videntur, et jus in illo suum retinuisse. Vos enim jam,
Albani tumuli atque luci, vos, inquam, imploro atque testor,
vosque, Albanorum obrutæ aræ, sacrorum populi romani
sociæ et æquales [1], quas ille, præceps amentia, cæsis pro-
stratisque sanctissimis lucis, substructionum insanis molibus
oppresserat; vestræ tum aræ, vestræ religiones viguerunt;
vestra vis valuit, quam ille omni scelere polluerat : tuque,
ex tuo edito monte, Latiaris sancte Jupiter, cujus ille lacus [2],
nemora, finesque sæpe omni nefario stupro et scelere macu-
larat, aliquando ad eum puniendum oculos aperuisti. Vobis
illæ, vobis vestro in conspectu seræ, sed justæ tamen et de-
bitæ pœnæ solutæ sunt.

Nisi forte hoc etiam casu factum esse dicemus, ut, ante
ipsum sacrarium Bonæ Deæ, quod est in fundo T. Sextii
Galli, in primis honesti et ornati adolescentis, ante ipsam,
inquam, Bonam Deam, quum prælium commisisset, primum
illud vulnus acceperit, quo teterrimam mortem obiret; ut non
absolutus judicio illo nefario [3] videretur, sed ad hanc insignem
pœnam reservatus.

XXXII. Nec vero non eadem ira deorum hanc ejus satellitibus [4] injecit amentiam, ut, sine imaginibus [5], sine cantu
atque ludis, sine exsequiis, sine lamentis, sine laudationibus,
sine funere, oblitus cruore et luto, spoliatus illius supremi
diei celebritate, quam concedere etiam inimici solent, ambureretur [6] abjectus. Non fuisse credo fas, clarissimorum vi-
rorum formas illi teterrimo parricidæ aliquid decoris afferre,
neque ullo in loco potius mortem [7] ejus lacerari, quam in quo
vita esset damnata.

Dura mihi, medius fidius, jam fortuna populi romani et

qui m'inspire en ce moment où je parle devant vous, notre âme aussi n'est-elle pas invisible? qui sait quelle est son essence? qui peut dire où elle réside? C'est donc cette puissance éternelle, à qui notre empire a dû tant de fois des succès et des prospérités incroyables, c'est elle qui a détruit et anéanti ce monstre; elle lui a suggéré la pensée d'irriter par sa violence et d'attaquer à main armée le plus courageux des hommes, afin qu'il fût vaincu par un citoyen dont la défaite lui aurait pour jamais assuré la licence et l'impunité. Ce grand événement n'a pas été conduit par un conseil humain; il n'est pas même un effet ordinaire de la protection des immortels. Les lieux sacrés eux-mêmes semblent s'être émus en voyant tomber l'impie, et avoir ressaisi le droit d'une juste vengeance. Je vous atteste ici, collines sacrées des Albains, autels associés au même culte que les nôtres, et non moins anciens que les autels du peuple romain; vous qu'il avait renversés; vous dont sa fureur sacrilége avait abattu et détruit les bois, afin de vous écraser sous le poids de ses folles constructions : alors vos dieux ont signalé leur pouvoir; alors votre majesté, outragée par tous ses crimes, s'est manifestée avec éclat. Et toi, dieu tutélaire du Latium, grand Jupiter, toi dont il avait profané les lacs, les bois et le territoire par des abominations et des attentats de toute espèce, ta patience s'est enfin lassée : vous êtes tous vengés, et en votre présence, il a subi, quoique trop tard, la peine due à tant de forfaits.

Romains, le hasard n'a rien fait ici. Voyez en quels lieux Clodius a engagé le combat. C'est devant un temple de la Bonne Déesse, oui, sous les yeux de cette divinité même, dont le sanctuaire s'élève dans le domaine du jeune et vertueux Sextius Gallus, que le profanateur a reçu cette blessure qui devait être suivie d'une mort cruelle; et nous avons reconnu que le jugement infâme qui l'avait absous autrefois, n'a fait que le réserver à cette éclatante punition.

XXXII. C'est encore cette colère des dieux qui a frappé ses satellites d'un tel vertige que, traînant sur une place son corps souillé de sang et de boue, ils l'ont brûlé sans porter à sa suite les images de ses ancêtres, sans lamentations, ni jeux, ni chants funèbres, ni éloge, ni convoi, en un mot, sans aucun de ces derniers honneurs que les ennemis même ne refusent pas à leurs ennemis. Sans doute le ciel n'a pas permis que les images des citoyens les plus illustres honorassent cet exécrable parricide; et son cadavre devait être déchiré dans le lieu où sa vie avait été détestée.

Je déplorais le sort du peuple romain, condamné depuis si long-

crudelis videbatur, quæ tot annos illum in hanc rempublicam insultare videret et pateretur. Polluerat stupro sanctissimas religiones ; senatus gravissima decreta perfregerat ; pecunia se palam a judicibus redemerat ; vexarat in tribunatu senatum ; omnium ordinum consensu pro salute reipublicæ gesta resciderat ; me patria expulerat, bona diripuerat, domum incenderat, liberos, conjugem meam vexaverat; Cn. Pompeio nefarium bellum indixerat ; magistratuum privatorumque cædes fecerat ; domum mei fratris incenderat ; vastarat Etruriam ; multos sedibus ac fortunis ejecerat ; instabat, urgebat ; capere ejus amentiam civitas, Italia, provinciæ, regna non poterant ; incidebantur jam domi leges, quæ nos nostris servis addicerent[1] ; nihil erat cujusquam, quod quidem ille adamasset, quod non hoc anno[2] suum fore putaret. Obstabat ejus cogitationibus nemo, præter Milonem. Ipsum illum[3], qui poterat obstare, novo reditu in gratiam quasi devinctum arbitrabatur; Cæsaris potentiam suam esse dicebat; bonorum animos etiam in meo casu contemserat : Milo unus urgebat.

XXXIII. Hic dii immortales, ut supra dixi, mentem dederunt illi perdito ac furioso, ut huic faceret insidias. Aliter perire pestis illa non potuit : nunquam illum republica suo jure esset ulta. Senatus, credo, prætorem eum circumscripsisset. Ne quum solebat quidem id facere, in privato eodem hoc aliquid profecerat. An consules in prætore coercendo fortes fuissent? Primum, Milone occiso, habuisset suos consules[4] : deinde, quis in eo prætore consul fortis esset, per quem tribunum, virum consularem[5] crudelissime vexatum esse meminisset? Oppressisset omnia, possideret, teneret: lege nova, quæ est inventa apud eum cum reliquis legibus Clodianis, servos nostros libertos suos fecisset. Postremo, nisi eum dii immortales in eam mentem impulissent, ut homo effeminatus fortissimum virum conaretur occidere, hodie rempublicam nullam haberetis.

An ille prætor, ille vero consul, si modo hæc templa atque ipsa mœnia stare eo vivo tamdiu, et consulatum ejus exspectare potuissent, ille denique vivus mali nihil fecisset, qui mortuus, uno ex suis satellitibus Sex. Clodio duce, curiam

temps à le voir impunément fouler aux pieds la république : il avait
souillé par un adultère les mystères les plus saints ; il avait abrogé
les sénatus-consultes les plus respectables ; il s'était ouvertement
racheté des mains de ses juges ; tribun , il avait tourmenté le sénat ,
annulé ce qui avait été fait, du consentement de tous les ordres ,
pour le salut de la république ; il m'avait banni de ma patrie , il
avait pillé mes biens , brûlé ma maison , persécuté ma femme et mes
enfants, déclaré une guerre impie à Pompée, massacré des citoyens,
des magistrats , réduit en cendres la maison de mon frère , dévasté
l'Étrurie , dépossédé une foule de propriétaires ; infatigable dans le
crime , il poursuivait le cours de ses attentats ; Rome , l'Italie , les
provinces , les royaumes n'étaient plus un théâtre assez vaste pour
ses projets extravagants. Déjà se gravaient chez lui des lois qui devaient nous asservir à nos esclaves : il se flattait que, cette année
même, il deviendrait possesseur de tout ce qui pourrait être à sa
bienséance. Il ne rencontrait d'autre obstacle que Milon. Un seul
homme pouvait rompre ses projets, et il croyait l'avoir lié à ses intérêts par sa nouvelle réconciliation. Il disait que la puissance de
César était à lui. Dans mon malheur, il avait montré tout son mépris
pour les gens de bien. Milon seul lui imposait.

XXXIII. Ce fut alors que les immortels , comme je l'ai dit plus
haut , inspirèrent à ce scélérat , à ce forcené , le dessein d'attenter
aux jours de Milon. Ce monstre ne pouvait périr autrement : jamais
la république n'aurait usé de son droit pour le punir. Pensez-vous
que le sénat aurait mis un frein à sa préture ? Dans le temps même
où l'autorité du sénat contenait les magistrats dans leur devoir, elle
ne pouvait rien contre Clodius , simple particulier. Les consuls
auraient-ils eu le courage de la résistance ? D'abord , Milon n'étant
plus , Clodius aurait eu des consuls à sa disposition ; ensuite, quel
consul eût rien osé contre un préteur qui , pendant son tribunat ,
avait persécuté si cruellement un consulaire ? Il aurait tout usurpé ,
tout envahi ; il serait maître de tout. Par une loi nouvelle qu'on a
trouvée chez lui avec les autres lois Clodiennes, nos esclaves seraient
devenus ses affranchis. Enfin, si les dieux n'avaient inspiré à ce lâche
le projet d'assassiner le plus brave des hommes, vous n'auriez plus
de république.

Clodius préteur, et surtout Clodius consul, si toutefois ces temples
et ces murs avaient pu subsister aussi longtemps et attendre son
consulat ; en un mot, Clodius vivant n'aurait-il fait aucun mal , lui
qui même après sa mort a embrasé le palais du sénat par les mains

incenderit? Quo quid miserius, quid acerbius, quid luctuo-
sius vidimus? Templum sanctitatis, amplitudinis, mentis,
consilii publici, caput urbis, aram sociorum, portum omnium
gentium, sedem ab universo populo romano concessam uni
ordini, inflammari, exscindi, funestari! neque id fieri a
multitudine imperita, quanquam esset miserum id ipsum,
sed ab uno; qui, quum tantum ausus sit ultor [1] pro mortuo,
quid signifer pro vivo non esset ausus? In curiam potissimum
abjecit, ut eam mortuus incenderet, quam vivus everterat.

Et sunt qui de via Appia querantur, taceant de curia? et
qui ab eo spirante forum putent potuisse defendi, cujus non
restiterit cadaveri curia? Excitate, excitate eum, si potestis,
ab inferis. Frangetis impetum vivi, cujus vix sustinetis fu-
rias insepulti [2]? nisi vero sustinuistis eos, qui cum facibus ad
curiam cucurrerunt, cum facibus ad Castoris, cum gladiis
toto foro volitarunt. Cædi vidistis populum romanum, concionem gladiis disturbari, quum audiretur silentio M. Cœlius [3],
tribunus plebis, vir et in republica fortissimus, et in suscepta causa firmissimus, et bonorum voluntati, et auctoritati
senatus deditus, et in hac Milonis sive invidia, sive fortuna
singulari, divina et incredibili fide.

XXXIV. Sed jam satis multa de causa [4]: extra causam etiam
nimis fortasse multa. Quid restat, nisi ut orem obtesterque
vos, judices, ut eam misericordiam tribuatis fortissimo viro,
quam ipse non implorat, ego, etiam repugnante hoc, et imploro et exposco? Nolite, si, in nostro omnium fletu, nullam
lacrymam adspexistis Milonis, si vultum semper eumdem, si
vocem, si orationem stabilem ac non mutatam videtis, hoc
minus ei parcere: atque haud scio, an multo etiam sit ad-
juvandus magis. Etenim, si in gladiatoriis pugnis, et in in-
fimi generis hominum conditione atque fortuna, timidos et
supplices, et, ut vivere liceat, obsecrantes, etiam odisse
solemus, fortes et animosos, et se acriter ipsos morti offe-
rentes, servare cupimus; eorumque nos magis_miseret, qui
nostram misericordiam non requirunt, quam qui illam effla-
gitant: quanto hoc magis in fortissimis civibus facere debemus?

de Sextus, le chef de ses satellites? O de tous les spectacles, le plus cruel, le plus douloureux, le plus lamentable! le temple sacré de la majesté romaine, le sanctuaire du conseil public, le chef-lieu de Rome, l'asile des alliés, le port de toutes les nations, cet auguste édifice accordé par le peuple romain au seul ordre des sénateurs, nous l'avons vu livré aux flammes, détruit, souillé par un cadavre impur! Que ce forfait eût été l'ouvrage d'une multitude aveugle, ce serait déjà un malheur déplorable : hélas! c'était le crime d'un seul homme. Ah! s'il a tant fait pour venger la mort de Clodius, que n'aurait-il pas osé pour servir Clodius vivant? Il a jeté son cadavre aux portes du sénat, afin qu'il l'embrasât après sa mort, comme il l'avait renversé pendant sa vie.

Et cependant on se lamente sur la voie Appia, et l'on se tait sur le sénat embrasé! On veut se persuader que le forum aurait pu être défendu contre les violences de Clodius, lorsque le palais du sénat même n'a pu résister à son cadavre! Rappelez-le, si vous pouvez, rappelez-le du sein des morts. Tout inanimé qu'il est, à peine vous soutenez ses fureurs : les réprimerez-vous quand il sera vivant? Eh! citoyens, avez-vous arrêté ces forcenés qui couraient au sénat et au temple de Castor, et qui se répandirent dans tout le forum, armés de flambeaux et d'épées? Vous les avez vus massacrer le peuple romain, et disperser l'assemblée qui écoutait en silence le tribun Célius, ce citoyen admirable par son courage, inébranlable dans ses principes, dévoué à la volonté des gens de bien et à l'autorité du sénat, cet ami généreux qui a donné à Milon, victime ou de la haine ou de la fortune, des preuves d'un zèle incroyable et d'une héroïque fidélité.

XXXIV. Mais j'en ai dit assez pour la défense de Milon : peut-être même me suis-je trop étendu hors de la cause. Que me reste-t-il à faire, si ce n'est de vous conjurer instamment d'accorder à ce généreux citoyen une compassion qu'il ne réclame pas lui-même, mais que j'implore et que je sollicite malgré lui? S'il n'a pas mêlé une seule larme aux pleurs que nous versons tous; si vous remarquez toujours la même fermeté sur son visage, dans sa voix, dans ses discours, n'en soyez pas moins disposés à l'indulgence : peut-être même doit-il par cette raison vous inspirer un plus vif intérêt. En effet, si dans les combats de gladiateurs, et lorsqu'il s'agit des hommes de la condition la plus vile et la plus abjecte, nous éprouvons une sorte de haine contre ces lâches qui, d'une voix humble et tremblante, demandent qu'on leur permette de vivre, tandis que nous faisons des vœux pour les braves qui s'offrent intrépidement à la mort; si enfin ceux qui ne cherchent pas à émouvoir notre pitié nous touchent plus vivement que ceux qui la sollicitent avec instance, à combien plus forte raison le même courage dans un de nos citoyens doit-il produire en nous les mêmes sentiments!

Me quidem , judices, exanimant et interimunt hæ voces
Milonis, quas audio assidue , et quibus intersum quotidie :
Valeant, valeant , inquit, cives mei , valeant : sint incolumes,
sint florentes, sint beati : stet hæc urbs præclara, mihique
patria carissima , quoquo modo merita de me erit. Tranquilla
republica cives mei , quoniam mihi cum illis non licet, sine
me ipsi , sed per me tamen , perfruantur. Ego cedam atque
abibo. Si mihi republica bona frui non licuerit, at carebo
mala : et quam primum tetigero bene moratam et liberam
civitatem, in ea conquiescam. O frustra , inquit , suscepti
mei labores ! o spes fallaces ! o cogitationes inanes meæ ! Ego,
quum , tribunus plebis, republica oppressa, me senatui dedis-
sem , quem exstinctum acceperam ; equitibus romanis, quorum
vires erant debiles ; bonis viris, qui omnem auctoritatem Clodianis armis [1] abjecerant ; mihi unquam bonorum præsidium defu-
turum putarem ? Ego, quum te (mecum enim sæpissime loquitur) patriæ reddidissem , mihi non futurum in patria
putarem locum ? Ubi nunc senatus est , quem secuti sumus ?
ubi equites romani illi, illi, inquit , tui ? ubi studia muni-
cipiorum ? ubi Italiæ voces [2] ? ubi denique tua, M. Tulli, quæ
plurimis fuit auxilio, vox et defensio ? mihine ea soli, qui
pro te toties morti me obtuli, nihil potest opitulari ?

XXXV. Nec vero hæc, judices, ut ego nunc, flens, sed
hoc eodem loquitur vultu, quo videtis. Negat enim se, negat
ingratis civibus fecisse, quæ fecit : timidis, et omnia circum-
spicientibus pericula , non negat. Plebem et infimam multi-
tudinem, quæ, P. Clodio duce, fortunis vestris imminebat,
eam, quo tutior esset vita nostra, suam se fecisse comme-
morat ; ut non modo virtute flecteret, sed etiam tribus suis
patrimoniis deliniret : nec timet ne , quum plebem muneribus
placarit, vos non conciliarit meritis in rempublicam singu-
laribus. Senatus erga se benevolentiam temporibus his ipsis
sæpe esse perspectam ; vestras vero et vestrorum ordinum
occursationes , studia, sermones , quemcumque cursum fortuna dederit, secum se ablaturum esse dicit.

Meminit etiam, sibi vocem præconis modo defuisse, quam
minime desiderarit ; populi vero cunctis suffragiis, quod
unum cupierit, se consulem declaratum : nunc denique , si

Pour moi, mon cœur se déchire, mon âme est pénétrée d'une douleur mortelle, lorsque j'entends ces paroles que chaque jour Milon répète devant moi : Adieu, mes chers concitoyens, adieu, oui, pour jamais, adieu. Qu'ils vivent en paix ; qu'ils soient heureux ; que tous leurs vœux soient remplis ; qu'elle se maintienne, cette ville célèbre, cette patrie qui me sera toujours chère, quelque traitement que j'en éprouve ; que mes concitoyens jouissent sans moi, puisqu'il ne m'est pas permis d'en jouir avec eux, d'une tranquillité que cependant ils ne devront qu'à moi. Je partirai, je m'éloignerai : si je ne puis partager le bonheur de Rome, je n'aurai pas du moins le spectacle de ses maux ; et dès que j'aurai trouvé une cité où les lois et la liberté soient respectées, c'est là que je fixerai mon séjour. Vains travaux, ajoute-t-il, espérances trompeuses, inutiles projets ! Lorsque, pendant mon tribunat, voyant la république opprimée, je me dévouai tout entier au sénat expirant, aux chevaliers romains dénués de force et de pouvoir, aux gens de bien découragés et accablés par les armes de Clodius, pouvais-je penser que je me verrais un jour abandonné par les bons citoyens ? Et toi, car il m'adresse souvent la parole, après t'avoir rendu à la patrie, devais-je m'attendre que la patrie serait un jour fermée pour moi ? Qu'est devenu ce sénat, à qui nous avons été constamment attachés ? ces chevaliers, oui, ces chevaliers dévoués à tes intérêts ? ce zèle des villes municipales ? ces acclamations unanimes de toute l'Italie ? Et toi-même, Cicéron, qu'est devenue cette voix, cette voix salutaire à tant de citoyens ? est-elle impuissante pour moi seul, qui tant de fois ai bravé la mort pour toi ?

XXXV. Et ces paroles, il ne les prononce pas en versant des larmes, comme je fais, mais avec ce visage tranquille que vous lui voyez. Il ne dit point qu'il a servi des citoyens ingrats ; seulement il dit qu'ils sont faibles et tremblants. Il rappelle que, pour mieux assurer nos jours, il a mis dans ses intérêts cette multitude qui, sous les ordres de Clodius, menaçait vos fortunes : en même temps qu'il la subjuguait par son courage, il se l'attachait par le sacrifice de ses trois patrimoines. Il ne doute pas que de telles largesses ne soient comptées par vous au nombre des plus éminents services rendus à l'État. Il dit que, même dans ces derniers temps, la bienveillance du sénat pour lui s'est manifestée plusieurs fois, et que, partout où la fortune conduira ses pas, il emportera le souvenir de ces empressements, de ce zèle, de ces éloges que vous lui avez prodigués, ainsi que tous les ordres à qui vous appartenez.

Il se souvient que la proclamation du héraut lui a seule manqué ; il dit qu'il ne la regrette pas, mais qu'il a été déclaré consul par le vœu unanime du peuple, ce qui était le seul objet de son ambition ;

hæc arma [1] contra se sint futura, sibi facinoris suspicionem,
non facti crimen obstare. Addit hæc, quæ certe vera sunt,
fortes et sapientes viros non tam præmia sequi solere recte
factorum, quam ipsa recte facta : se nihil in vita, nisi præ-
clarissime, fecisse ; siquidem nihil sit præstabilius viro,
quam periculis patriam liberare : beatos esse, quibus ea
res honori fuerit a suis civibus ; nec tamen eos miseros, qui
beneficio cives suos vicerint: sed tamen, ex omnibus præmiis
virtutis, si esset habenda ratio præmiorum, amplissimum
esse præmium gloriam : esse hanc unam, quæ brevitatem
vitæ posteritatis memoria consolaretur, quæ efficeret, ut
absentes adessemus, mortui viveremus : hanc denique esse,
cujus gradibus etiam homines in cœlum viderentur ascen-
dere.

De me, inquit, semper populus romanus, semper omnes
gentes loquentur, nulla unquam obmutescet vetustas. Quin
hoc tempore ipso, quum omnes a meis inimicis faces meæ
invidiæ subjiciantur, tamen omni in hominum cœtu, gratiis
agendis, et gratulationibus habendis, et omni sermone
celebramur. Omitto Etruriæ festos, et actos, et institutos
dies [2] : centesima lux est hæc ab interitu P. Clodii ; et, opinor,
ultra quam fines [3] imperii populi romani sunt, ea non solum
fama jam de illo, sed etiam lætitia peragravit. Quamobrem,
ubi corpus hoc sit, non, inquit, laboro, quoniam omnibus in
terris et jam versatur, et semper habitabit nominis mei gloria.

XXXVI. Hæc tu mecum sæpe, his absentibus ; sed,
iisdem audientibus, hæc ego tecum, Milo. Te quidem, quum
isto animo es, satis laudare non possum : sed, quo est ista
magis divina virtus, eo majore a te dolore divellor. Nec
vero, si mihi eriperis, reliqua est illa saltem ad consolandum
querela, ut his irasci possim, a quibus tantum vulnus acce-
pero. Non enim inimici mei te mihi eripient, sed amicissimi ;
non male aliquando de me meriti, sed semper optime. Nullum unquam, judices, mihi tantum dolorem inuretis (etsi
quis potest esse tantus?), sed ne hunc quidem ipsum, ut
obliviscar, quanti me semper feceritis. Quæ si vos cepit
oblivio, aut si in me aliquid offendistis, cur non id meo capite
potius luitur, quam Milonis? Præclare enim vixero, si quid
mihi acciderit prius, quam hoc tantum mali videro.

qu'aujourd'hui enfin, si ces armes doivent être tournées contre lui, elles frapperont sur un citoyen soupçonné, mais innocent. Il ajoute, ce qui est d'une incontestable vérité, que les hommes sages et courageux cherchent moins la récompense de la vertu, que la vertu même ; qu'il n'a rien fait que de très-glorieux, puisqu'il n'est rien de plus beau que de sauver sa patrie ; que ceux-là sont heureux qui voient de tels services récompensés par leurs concitoyens, mais qu'on n'est pas malheureux pour les avoir surpassés en bienfaits ; qu'au reste, de toutes les récompenses de la vertu, s'il faut chercher en elle autre chose qu'elle-même, la plus belle, en effet, est la gloire ; que la gloire seule nous dédommage de la brièveté de la vie, par le souvenir de la postérité ; qu'elle nous rend présents aux lieux où nous ne sommes plus ; qu'elle nous fait vivre au delà du trépas ; qu'elle est enfin comme le degré qui élève les hommes au rang des immortels.

Le peuple romain, dit-il, parlera toujours de moi ; je serai l'éternel entretien des nations, et la postérité la plus reculée ne se taira jamais sur ce que j'ai fait. Aujourd'hui même que mes ennemis soufflent partout le feu de la haine, il n'est point de réunion où l'on ne parle de moi, où l'on ne se félicite, où l'on ne rende grâces aux dieux. Je ne parle pas des fêtes que l'Étrurie a célébrées et instituées pour l'avenir. A peine cent jours se sont écoulés depuis la mort de Clodius, et déjà la nouvelle, que dis-je ? la joie de cet événement est parvenue aux extrémités de l'empire. Que m'importe donc le lieu où sera ce corps périssable, puisque la gloire de mon nom est déjà répandue et doit vivre à jamais dans toutes les parties de l'univers ?

XXXVI. Telles sont, Milon, les paroles que tu m'as adressées mille fois, loin de nos juges ; voici ce que je te réponds en leur présence : J'admire ton courage ; il est au-dessus de tous les éloges ; mais aussi plus cette vertu est rare et sublime, plus il me serait affreux d'être séparé de toi. Si tu m'es enlevé, je n'aurai pas même la triste consolation de pouvoir haïr ceux qui m'auront porté un coup aussi funeste. Ce ne sont pas mes ennemis qui t'arracheront à moi ; ce sont mes amis les plus chers ; ce sont les hommes qui dans tous les temps m'ont comblé de bienfaits. Non, citoyens, quelque douleur que vous me causiez (eh ! puis-je en éprouver qui me soit plus sensible ?), je n'oublierai jamais les témoignages d'estime que vous m'avez toujours donnés. Si vous en avez perdu vous-mêmes le souvenir, si quelque chose en moi a pu vous offenser, est-ce donc à Milon d'en porter la peine ? Je ne regretterai pas la vie, si la mort m'épargne un spectacle aussi douloureux.

Nunc me una consolatio sustentat, quod tibi, T. Anni, nullum a me amoris, nullum studii, nullum pietatis officium defuit. Ego inimicitias potentium pro te appetivi; ego meum sæpe corpus et vitam objeci armis inimicorum tuorum; ego me plurimis pro te supplicem abjeci; bona, fortunas meas, ac liberorum meorum, in communionem tuorum temporum contuli; hoc denique ipso die, si qua vis est parata, si qua dimicatio[1] capitis futura, deposco. Quid jam restat? quid habeo, quod dicam, quod faciam pro tuis in me meritis, nisi ut eam fortunam, quæcumque erit tua, ducam meam? Non recuso, non abnuo: vosque obsecro, judices, ut vestra beneficia, quæ in me contulistis, aut in hujus salute augeatis, aut in ejusdem exitio occasura esse videatis.

XXXVII. His lacrymis non movetur Milo. Est quodam incredibili robore animi. exsilium ibi esse putat, ubi virtuti non sit locus; mortem naturæ finem esse, non pœnam. Sit hic ea mente, qua natus est. Quid vos, judices? quo tandem animo eritis? Memoriam Milonis retinebitis, ipsum ejicietis? et erit dignior locus in terris ullus, qui hanc virtutem excipiat, quam hic, qui procreavit? Vos, vos appello, fortissimi viri, qui multum pro republica sanguinem effudistis: vos in viri et in civis invicti appello periculo, centuriones, vosque, milites: vobis non modo inspectantibus, sed etiam armatis, et huic judicio præsidentibus, hæc tanta virtus ex hac urbe expelletur? exterminabitur? projicietur?

O me miserum! o me infelicem! revocare tu me in patriam, Milo, potuisti per hos; ego te in patria per eosdem retinere non potero? Quid respondebo liberis meis, qui te parentem alterum putant? quid tibi, Quinte frater, qui nunc abes, consorti mecum temporum illorum? me non potuisse Milonis salutem tueri per eosdem, per quos nostram ille servasset? At in qua causa non potuisse? quæ est grata gentibus. A quibus non potuisse? ab iis, qui maxime P. Clodii morte acquierunt. Quo deprecante? me.

Quodnam ego concepi tantum scelus, aut quod in me tantum facinus admisi, judices, quum illa indicia communis exitii[2] indagavi, patefeci, protuli, exstinxi? Omnes in me

Mon cher Milon, une seule consolation me soutient en ce moment, c'est que j'ai rempli tous les devoirs de la reconnaissance et de l'amitié. Pour toi, j'ai bravé la haine des hommes puissants; pour toi, j'ai souvent exposé ma tête au fer de tes ennemis; je suis descendu pour toi au rang des suppliants; dans tes malheurs, j'ai partagé avec toi mes biens, ma fortune et celle de mes enfants. Enfin, si quelque violence est préparée aujourd'hui contre ta personne, si tes jours sont menacés, je demande que tous les coups retombent sur moi seul. Que puis-je dire de plus? que puis-je faire encore pour m'acquitter envers toi, si ce n'est de me résigner moi-même au sort qu'on te réserve, quel qu'il puisse être. Eh bien! je ne le refuse pas; j'accepte cette condition, et je vous prie, citoyens, d'être persuadés qu'en sauvant Milon, vous mettrez le comble à tout ce que je vous dois, ou que tous vos bienfaits seront anéantis par sa condamnation.

XXXVII. Milon n'est pas touché de mes larmes, et rien n'ébranle son incroyable fermeté. Il ne voit l'exil que là où la vertu ne peut être; la mort lui paraît un terme, et non pas une punition. Qu'il garde donc ce grand caractère que la nature lui a donné. Mais vous, juges, quels seront vos sentiments? Conserverez-vous le souvenir de Milon, et bannirez-vous sa personne? se trouvera-t-il dans le monde un lieu qui soit plus digne de le recevoir que le pays qui l'a vu naître? Je vous implore, Romains, qui avez tant de fois versé votre sang pour la patrie; braves centurions, intrépides soldats, c'est à vous que je m'adresse dans les dangers d'un homme courageux, d'un citoyen invincible : vous êtes présents, que dis-je? vous êtes armés pour protéger ce tribunal; et sous vos yeux, on verrait un héros tel que lui, repoussé, banni, rejeté loin de Rome!

Malheureux que je suis! c'est par le secours de tes juges, ô Milon! que tu as pu me rétablir dans ma patrie, et je ne pourrai par leur secours t'y maintenir toi-même! Que répondrai-je à mes enfants, qui te regardent comme un second père? O Quintus! ô mon frère! absent aujourd'hui, alors compagnon de mes infortunes, que te dirai-je? que je n'ai pu fléchir en faveur de Milon ceux qui l'aidèrent à nous sauver l'un et l'autre? Et dans quelle cause? dans une cause où nous avons tout l'univers pour nous. Qui me l'aura refusé? ceux à qui la mort de Clodius a procuré la paix et le repos. A qui l'auront-ils refusé? à moi.

Quel crime si grand ai-je donc commis? de quel forfait si horrible me suis-je donc rendu coupable, lorsque j'ai pénétré, découvert, dévoilé, étouffé cette conjuration qui menaçait l'État tout en-

meosque redundant ex fonte illo dolores. Quid me reducem
esse voluistis? An ut, inspectante me, expellerentur, per
quos essem restitutus? Nolite, obsecro vos, pati, mihi acer-
biorem reditum esse, quam fuerit ille ipse discessus. Nam
qui possum putare me restitutum esse, si distrahor ab iis,
per quos restitutus sum?

XXXVIII. Utinam dii immortales fecissent (pace tua, patria,
dixerim : metuo enim ne scelerate dicam in te quod pro Milone
dicam pie); utinam P. Clodius non modo viveret, sed etiam
prætor, consul, dictator esset potius, quam hoc spectaculum vi-
derem! O dii immortales! fortem, et a vobis, judices, conser-
vandum virum! Minime, minime, inquit. Immo vero pœnas ille
debitas luerit; nos subeamus, si ita necesse est, non debitas.
Hiccine vir, patriæ natus, usquam, nisi in patria, morietur?
aut, si forte pro patria, hujus vos animi monumenta retinebitis, corporis in Italia nullum sepulcrum esse patiemini? Hunc
sua quisquam sententia ex hac urbe expellet, quem omnes ur-
bes expulsum a vobis ad se vocabunt? O terram illam beatam,
quæ hunc virum exceperit! hanc ingratam, si ejecerit! mise-
ram, si amiserit!

Sed finis sit : neque enim præ lacrymis jam loqui possum,
et hic se lacrymis defendi vetat. Vos oro obtestorque, judices,
ut in sententiis ferendis, quod sentietis, id audeatis. Vestram
virtutem, justitiam, fidem, mihi credite, is maxime probabit,
qui, in judicibus legendis, optimum, et sapientissimum, et fortissimum quemque legit.

tier ? Telle est la source des maux qui retombent sur moi et sur tous les miens. Pourquoi vouloir mon retour ? était-ce pour exiler à mes yeux ceux qui m'avaient ramené ? Ah ! je vous en conjure, ne souffrez pas que ce retour soit plus douloureux pour moi que ne l'avait été ce triste départ. Puis-je en effet me croire rétabli, si les citoyens qui m'ont replacé au sein de Rome sont arrachés de mes bras ?

XXXVIII. Plutôt que d'en être témoin, puissé-je, pardonne, ô ma patrie ! je crains que ce vœu de l'amitié ne soit une horrible imprécation contre toi ; puissé-je voir Clodius vivant, le voir préteur, consul, dictateur ! Dieux immortels ! quel courage ! et combien Milon est digne que vous le conserviez ! Non, dit-il, non : rétracte ce vœu impie. Le scélérat a subi la peine qu'il méritait : à ce prix, subissons, s'il le faut, une peine que nous ne méritons pas. Cet homme généreux, qui n'a vécu que pour la patrie, mourra-t-il autre part qu'au sein de la patrie ? ou s'il meurt pour elle, conserverez-vous le souvenir de son courage, en refusant à sa cendre un tombeau dans l'Italie ? Quelqu'un de vous osera-t-il rejeter un citoyen que toutes les cités appelleront quand vous l'aurez banni ? Heureux le pays qui recevra ce grand homme ! ô Rome ingrate, si elle le bannit ! Rome malheureuse, si elle le perd !

Mais finissons : mes larmes étouffent ma voix, et Milon ne veut pas être défendu par des larmes. Je ne vous demande qu'une grâce, citoyens ; c'est d'oser, en donnant vos suffrages, émettre le vœu dicté par votre conscience. Croyez-moi : nul ne donnera plus d'éloges à votre fermeté, à votre justice, à votre intégrité, que celui même qui, dans le choix de nos juges, a préféré les plus intègres, les plus éclairés, les plus vertueux des Romains.

NOTES.

Page 4. : 1. *Magis de reipublicæ.... perturbetur.* Milon, en effet, n'avait pas voulu imiter les accusés ordinaires, qui se présentaient devant leurs juges avec un habit de deuil; il était assis en face du tribunal, revêtu d'une robe magnifique. Plutarque, *Vie de Cicéron*, XXXV, met ainsi en parallèle la contenance de l'accusé et celle de son défenseur : « Quand il sortit de sa litière, qu'il aperçut Pompée assis au haut de la place, comme dans un camp, et le tribunal entouré d'armes étincelantes, il se troubla et put à peine commencer son discours; tout son corps frissonnait, sa voix était entrecoupée : Milon, au contraire, assistait au jugement avec assurance et courage; il avait même dédaigné de laisser croître ses cheveux et de prendre la robe de deuil, ce qui sans doute ne contribua pas peu à le faire condamner. »

— 2. *Novi judicii nova forma.* Pompée avait fait occuper par des soldats toutes les avenues du Forum; il avait aussi placé des troupes sur les degrés et dans les portiques de tous les temples voisins. Lucain, Pharsale, I, 318 :

> *Quis castra timenti*
> *nescit mixta foro? gladii quum triste minantes*
> *judicium insolita trepidum cinxere corona,*
> *atque, auso medias perrumpere milite leges,*
> *Pompeiana reum clauserunt castra Milonem.*

— 3. *Non enim corona.... stipati sumus.* Le préteur, assis sur sa chaise curule, siégeait sur une estrade élevée, entouré de ses deux licteurs, de ses greffiers et de ses huissiers. Au-dessous étaient les siéges des juges, rangés en demi-cercle. Vis-à-vis des juges, et à leur droite, les bancs des accusateurs; à leur gauche, les bancs des accusés et de leurs défenseurs. Le public entourait l'enceinte fermée par une balustrade. Tel était l'aspect du Forum dans les procès ordinaires; mais comme, dès le premier jour, les partisans de Clodius avaient poussé des clameurs séditieuses, Pompée défendit de laisser personne autour des juges, excepté ceux dont la présence était nécessaire. Les citoyens se réfugièrent sur les toits des maisons qui environnaient le Forum.

— 4. *Pro templis omnibus*. Les temples de Saturne, de Castor et Pollux, de Vesta et de la Concorde, étaient sur le Forum. A ......

— 5. *Non afferunt tamen oratori aliquid*, ne rassurent pas cependant l'orateur. Quelques éditions donnent à tort, et par conjecture, la leçon suivante : *nobis afferunt tamen horroris aliquid*.

Page 6. — 1. *Rapinis.... pavit*. Clodius avait vendu à Pison et à Gabinius des provinces consulaires; il avait partagé avec eux le trésor public, et avait vendu Pessinunte à Burgitarus. Voyez, d'ailleurs, pour le détail de tous les crimes que Cicéron lui reproche, le chapitre XXVII.

— 2. *Hesterna etiam concione.... quid judicaretis*. La veille de la plaidoirie, et lorsque déjà tous les témoins avaient été entendus, le tribun Munatius Plancus avait harangué le peuple, et l'avait excité à venir au Forum imposer aux juges la condamnation de Milon.

— 3. *Amplissimorum ordinum delectis viris*. Les juges avaient été choisis en nombre égal parmi les sénateurs, les chevaliers et les tribuns du trésor. De quatre-vingt-un qu'ils étaient d'abord, ils furent réduits au nombre de cinquante-un, après que les deux parties en eurent récusé chacune cinq de chaque ordre.

— 4. *Nobis duobus*. Cicéron a le soin, dès l'abord, de se mettre lui-même en cause avec son client. Tous les deux, ils ont constamment défendu le sénat et la république contre les fureurs de Clodius et de ses partisans. Cicéron a été exilé; Milon est sous le poids d'une accusation capitale. Voilà la récompense de leurs services.

— 5. *T. Annii tribunatu*. Milon avait été fait tribun du peuple, l'année qui suivit le tribunat de Clodius. C'est pendant qu'il exerçait cette magistrature, qu'il fit prononcer le rappel de Cicéron.

Page 8. — 1. *Sed, antequam*, etc. Ordinairement la narration trouve sa place immédiatement après l'exorde. Mais cette distribution n'est pas tellement invariable qu'elle ne cède quelquefois aux circonstances et à l'utilité de la cause. Ici les juges étaient remplis de préventions qui les rendaient sourds aux raisons de l'orateur. Il fallait commencer par détruire ces impressions défavorables. Aussi, avant que d'entrer en matière, Cicéron réfute les objections de ses adversaires. Cette réfutation seule peut rendre sa narration vraisemblable. GUÉROULT.

— 2. *Judicium.... M. Horatii*. Celui des trois Horaces qui avait vaincu les Curiaces. C'est le premier exemple d'un jugement exercé par le peuple ; car les rois s'étaient réservé les causes criminelles. Horace fut jugé dans les comices par curies ; depuis la loi des Douze Tables, les causes capitales étaient renvoyées à l'assemblée des centuries. Voyez le récit de Tite-Live, liv. I.

— 3. *Ahala ille.... L. Opimius.* Servilius Ahala, meurtrier de Spurius Mélius. —Scipion Nasica, qui se mit à la tête du mouvement dans lequel fut tué Tibérius Gracchus. — L. Opimius, qui, étant consul, poursuivit et fit tuer C. Gracchus. — Pour Marius, voyez le chapitre suivant, et Plutarque, *Vie de Marius*, ch. XIV.

— 4. *Me consule.* Allusion à la punition de Céthégus et des autres complices de Catilina.

— 5. *Eum, qui patris.... liberatum.* Oreste, qui fut traduit devant l'Aréopage. Comme les sentiments des juges étaient partagés, Minerve lui donna son suffrage et le fit absoudre. — Au lieu de *divina*, un assez grand nombre d'éditions donnent *humana*. M. Guéroult, qui adopte cette leçon, traduit : « Non-seulement par le suffrage des hommes, mais encore par celui de la plus sage des déesses. »

— 6. *Tribunus militaris.* Ce tribun était le neveu de Marius.

Page 10. — 1. *Est igitur hæc.... expediendæ salutis.* Cette période est donnée avec raison, par Cicéron lui-même, comme un modèle. Après l'avoir citée, dans son *Orator*, 49, il ajoute : *Hæc talia sunt, ut, quia referuntur ad ea, ad quæ debent referri, intelligamus, non quæsitum esse numerum, sed secutum.*

— 2. *Cædem.... esse factam.* Lorsque le sénat fut informé du meurtre de Clodius, il rendit un décret avec la formule solennelle : *Ne quid detrimenti respublica capiat.*

— 3. *Ambusti tribuni.* Allusion à l'incendie du sénat. Pendant les funérailles de Clodius, le tribun Munatius Plancus haranguait le peuple. Mais le feu du bûcher gagna la salle du sénat, et fit des progrès si rapides, qu'il força l'orateur à quitter la tribune, et la multitude à se disperser. Cicéron joue sur le mot *ambustus*, qui signifie *brûlé*, et qui en même temps était un surnom d'une des branches de la famille des Fabius.—*Intermortuæ conciones*, harangues mortes en naissant, sans effet, avortées.

Page 12. — 1. *De illo incesto stupro.* Clodius avait été surpris en habit de femme chez Pompéia, femme de César, où l'on célébrait es mystères annuels de la Bonne Déesse. Traduit en justice pour ce fait, il parvint à se faire absoudre. Voyez pour plus de détails, *Lettres à Atticus*, liv. I, 13, 14, 16, et Plutarque, *Vie de Cicéron*, XXVIII et XXIX.

— 2. *Oppugnationem ædium M. Lepidi.* Deux jours après la mort de Clodius, M. Émilius Lépidus fut proclamé interroi. Les partisans de Clodius vinrent lui demander l'assemblée des comices, et, sur son refus, assiégèrent sa maison, dont ils brisèrent les portes. Les amis de Milon arrivant à ce moment pour faire la même demande, les deux partis en vinrent aux mains.

— 3. *Extra ordinem.* On était dans l'usage d'appeler les causes suivant l'ordre d'ancienneté. Le sénat voulait qu'on jugeât le procès de Milon *extraordinairement*, c'est-à-dire avant son tour, mais d'après les anciennes lois.

— 4. *Divisa sententia est.* Lorsqu'un orateur apportait à la tribune une proposition qui portait sur plusieurs points, il suffisait de la demande d'un seul sénateur pour que la proposition ne fût pas mise aux voix dans son ensemble, mais successivement dans chacune de ses parties.

— 5. *Nescio quo.* Ce sénateur, que Cicéron ne veut pas nommer, était Q. Fufius; il avait été corrompu à prix d'argent par Munatius Plancus.

Page 14. — 1. *Tam salutarem.... dedisset.* Les juges donnaient leurs suffrages avec des tablettes sur lesquelles se trouvaient ou un A (*absolvo*) pour absoudre, ou un C (*condemno*) pour condamner, ou NL (*non liquet*) pour demander un plus ample informé. La première lettre s'appelait *littera salutaris*; la seconde, *littera tristis*; les deux dernières, *litteræ ampliationis.*

— 2. *M. Catonis.* M. Caton, qui fut depuis appelé Caton d'Utique.

— 3. *M. Drusus.* M. Livius Drusus, dont le tribunat donna lieu à la guerre sociale. Voyez Cicéron, Plaidoyer pour Cn. Plancus, ch. XIV, et Plaidoyer pour Rabirius Postumus, ch. VI et VII.

— 4. *P. Africano.* Le second Africain, Scipion-Émilien. Il fut tué dans son lit, au moment où il s'opposait aux lois séditieuses présentées par Gracchus et Carbon.

— 5. *In eadem ista Appia via.* C'était un magnifique chemin que le censeur Appius Claudius fit construire l'an 444 de Rome. Il commençait au sortir de la porte Capène, et finissait à Capoue. Il avait vingt-cinq pieds de largeur, avec des rebords en pierre de douze pieds en douze pieds. On y avait ménagé, d'espace en espace, des espèces de bornes pour aider les voyageurs à monter à cheval, ou pour servir de siéges à ceux qui voulaient se reposer. C. Gracchus y fit placer de petites colonnes qui marquaient les milles. De là cette locution si commune dans les auteurs : *tertio, quarto lapide.* Cette route fut ensuite continuée par Jules César jusqu'à Brindes. Sa longueur, dans toute son étendue, était d'environ 350 milles ; c'est-à-dire de 105 lieues. C'était la plus ancienne et la plus belle de toutes les voies romaines. Aussi en était-elle appelée la reine :

> *Qua limite noto*
> *Appia longarum teritur regina viarum.*
>
> Stace, *Silv.*, III, 2, 12.

— 6. *M. Papirium.* Le fils de Tigrane, roi d'Arménie, fait prisonnier par Pompée, avait été confié à la garde du préteur L. Flavius. Clodius voulut enlever le prisonnier, et livra à ses gardiens, sur la voie Appienne, un combat dans lequel fut tué Papirius, ami de Pompée.

— 7. *In suis monumentis.* Clodius descendait d'Appius Cæcus. La voie Appienne pouvait donc être regardée comme un monument de sa famille.

Page 16. — 1. *Parricidæ.* A Rome, on appelait également *parricide* celui qui avait tué son père et celui qui avait tué un citoyen.

— 2. *In templo Castoris.* Le temple de Castor était voisin du Forum et du sénat.

— 3. *In vestibulo ipso Senatus.* Les séances du sénat se tenaient assez souvent dans le temple de Castor.

— 4. *Quoties ego.... effugi.* Clodius avait essayé trois fois de faire assassiner Cicéron.

— 5. *Reconciliatæ gratiæ.* Longtemps Pompée et Clodius avaient été ennemis jurés. Quelque temps avant le meurtre de Clodius par Milon, il y avait eu entre eux une réconciliation, qui sans doute n'était pas fort sincère.

— 6. *E florentissimis ordinibus.* Voyez la note 3 de la page 6.

Page 18. — 1. *L. Domiti.* L. Domitius Ahénobarbus. Il avait été consul l'an de Rome 700, deux ans avant le procès de Milon.

— 2. *Dederas enim.... documenta maxima.* Domitius, pendant sa questure, avait dissipé par la force un rassemblement formé par le tribun Cn. Manilius, qui voulait faire passer une loi tendant à distribuer les affranchis dans toutes les tribus, et à leur donner ainsi une certaine influence dans les assemblées du peuple. Manilius était même parvenu à s'emparer du Capitole ; il en fut chassé par Domitius, et perdit quelques hommes de sa troupe.

— 3. *Ita tracta esse comitia.* Les comices de l'année précédente avaient été remis de jour en jour, en sorte que les consuls Domitius Calvinus et Valérius Messala n'étaient entrés en charge que le septième mois ; il en fut de même des préteurs, qui n'exercèrent non plus que cinq mois.

— 4. *L. Paulum.... vellet.* L. Émilius Paulus avait été questeur en Macédoine. Il fut nommé préteur l'année qui précéda le procès de Milon. Enfin, l'an 704 de Rome, il fut élevé au consulat.

.Page 20. — 1. *Ad ejus competitores.* Plotius Hypséus, et Q. Métellus Scipion, beau-père de Pompée.

— 2. *Favonio.* Favonius, ami de Caton, dont il partageait les doctrines et dont il égalait la fermeté.

— 3. *Ad flaminem prodendum.* Ce flamine était un prêtre de Junon Sospita. Tite-Live, XXII : *Junoni reginæ in Aventino, Junonique Sospitæ Lanuvii, majoribus hostiis, sacrificaretur.* — *Prodere flaminem*, nommer, créer un flamine.

— 4. *Milo autem*, etc. Quintilien cite pour modèle de narration le récit du meurtre de Clodius ; et c'est en effet, dans ce genre, ce que l'antiquité nous a laissé de plus parfait.

Deux morceaux méritent surtout d'être remarqués. Le premier est celui où l'orateur raconte le départ de Milon. « De toutes les préparations, dit Quintilien, la meilleure est celle où il semble qu'il n'entre aucun dessein. Ainsi, quoique Cicéron donne un tour infiniment avantageux à tout ce qu'il expose pour défendre Milon, et faire connaître aux juges que Clodius est l'agresseur, rien ne me paraît plus adroit que cette description si simple en apparence : *Milo autem, quum in senatu fuisset eo die, quoad senatus dimissus est, domum venit ; calceos et vestimenta mutavit ; paulisper, dum se uxor, ut fit, comparat, commoratus est.* Que Milon paraît tranquille ! et que cela est éloigné d'un homme qui médite un assassinat ! C'est la réflexion que Cicéron fait naître, non-seulement par la lenteur qu'il met dans le départ de Milon, mais encore par ces expressions, les plus simples qu'il y ait, et par là plus propres à cacher l'art qu'il emploie. Il n'est assurément personne qui, en écoutant ce récit, ne se persuade qu'il s'agit ici d'un départ sans empressement et sans dessein, d'un simple voyage à la campagne. » Quintil., IV, 2.

Le second endroit où triomphe encore l'art de l'orateur, est celui qui termine la narration. Les esclaves de Milon, furieux et voulant venger la mort de leur maître, on croirait qu'il va dire, *tuèrent Clodius;* c'est ce qu'aurait dit un historien; mais l'orateur adoucira par l'expression une idée trop dure, trop choquante par elle-même. *Fecerunt id,* etc. — L'abbé Auger a remarqué que la même tournure oratoire se trouvait déjà dans le plaidoyer de Lysias sur le meurtre d'Ératosthène. GUÉROULT.

Page 22. — 1. *Magno impedimento, et muliebri....* Quelques éditions donnent : *Magno, et impedito, et muliebri....*

— 2. *Sine uxore.* La femme de Clodius était cette Fulvie, qui épousa Antoine, et perça d'une aiguille la langue de Cicéron mort.

— 3. *Pœnulatus,* vêtu d'une pénule. On appelait ainsi un vêtement qui se mettait par-dessus la tunique, et qui était beaucoup plus étroit que la toge. Il était porté par les soldats et les voyageurs.

— 4. *Hora undecima,* à la onzième heure du jour, c'est-à-dire une heure avant le coucher du soleil.

Page 24. — 1. *Numquid igitur.... fecerit.* Cicéron va prouver que Clodius a été l'agresseur, et que Milon ne l'a tué que pour se conserver lui-même. Quelques-uns de ses amis voulaient qu'il prît l'affaire autrement, et qu'il soutînt que Clodius ayant été un mauvais citoyen, sa mort était un bien pour la république. Mais comme, dans un État bien policé, la loi seule a droit de punir un citoyen pernicieux, s'en tenir à cet unique moyen, c'était reconnaître Milon coupable; et Brutus, qui, au rapport d'Asconius, avait fait, pour s'exercer, un plaidoyer en faveur de Milon, dans lequel il n'employait que ce moyen de défense, avait plutôt suivi en cela les principes audacieux du stoïcisme que ceux d'une jurisprudence régulière. Cependant ce même moyen, employé subsidiairement, pouvait être utile à la cause. Cicéron n'a pas voulu s'en priver. Après avoir consacré la première partie de son discours à justifier Milon, comme n'ayant tué Clodius qu'à son corps défendant, il en ajoute une seconde, où il déploie toute la force de son éloquence pour invectiver contre Clodius, et prouver que, quand même Milon l'aurait tué de dessein prémédité, il n'aurait fait qu'une action glorieuse et utile à la patrie, en la délivrant d'un scélérat.

..Tel est le plan général de la défense de Milon, plan dessiné avec toute l'habileté possible dans une affaire aussi délicate. On ne peut qu'admirer la sagesse avec laquelle l'orateur a disposé son sujet de manière que la partie aride et contentieuse soit la première, et qu'il réserve pour la fin celle qui donne lieu à des tableaux frappants et aux mouvements les plus pathétiques. GUEROULT.

— 2. *Quonam igitur.... Clodium?* Dans la première partie, l'orateur distingue trois époques : les circonstances qui ont précédé le combat, celles qui l'ont accompagné, celles qui l'ont suivi ; il examine l'intention des deux ennemis, la facilité de l'exécution et les suites du combat.

Il démontre que Clodius a eu l'intention de tuer Milon, en établissant quelques propositions :

1° Clodius avait un grand intérêt à se défaire de Milon. Milon n'en avait aucun à se défaire de Clodius, chap. 12 et 13.

2° Clodius haïssait mortellement Milon ; celui-ci n'avait pour lui que cette haine vertueuse et patriotique que nous portons moins à la personne qu'aux vices mêmes du méchant, fin du chap. 13.

3° La violence a toujours fait le caractère de Clodius, et la modération celui de Milon, chap. 14, 15 et 16.

4° Accoutumé à braver l'autorité des tribunaux, Clodius se flattait de l'impunité. Milon n'avait pas le même espoir, chap. 16.

5° Le premier a menacé son ennemi ; il s'est vanté que dans trois jours Milon ne serait plus. Milon ne s'est jamais permis aucune menace, chap. 16.

6° Enfin, Clodius savait que Milon ne pouvait se dispenser d'aller à Lanuvium, et celui-ci ne pouvait pas même soupçonner qu'il rencontrerait Clodius, chap. 17, 18, 19.

L'orateur examine ensuite pour lequel des deux l'exécution d'un assassinat était plus facile.

Le combat s'est engagé devant une terre de Clodius, dans un endroit où il employait à peu près mille esclaves à ses constructions insensées. Si Milon avait voulu l'assassiner, il aurait choisi un lieu plus favorable, chap. 20.

Toutes les autres circonstances du fait déposent encore contre Clodius. L'équipage de l'un et de l'autre fait tableau et désigne l'assassin, chap. 21.

Enfin il passe aux suites du combat. Milon est revenu à Rome ; il n'a pas craint de se mettre au pouvoir du sénat, du peuple, des troupes, de Pompée lui-même. Les bruits répandus à son sujet, les calomnies de ses ennemis, les soupçons, les défiances de ses concitoyens, ne l'ont pas effrayé. Cette noble sécurité prouve l'innocence de Milon. L'homme à qui sa conscience ne reproche rien est tranquille, et le coupable voit partout les apprêts du supplice, chap. 23, 24. GUÉROULT.

— 3. *Illud Cassianum*, CUI BONO FUERIT. Cette maxime de Cassius, à qui le crime a-t-il dû profiter? — Cassius était un juge renommé pour son intégrité.

— 4. *Sexte Clodi*. Ce Clodius était le secrétaire de P. Clodius, dont il était probablement aussi le parent. Clodius se servait de lui pour préparer les troubles et les séditions qu'il voulait faire éclater. Cicéron, dans son discours contre Pison, l'appelle *le chien de Clodius*. Dans un autre discours, *Pour sa maison*, il dit en s'adressant à P. Clodius: *Hoc tu scriptore, hoc consiliario, hoc ministro, rempublicam perdidisti*.

— 5. *Turba nocturna*. L'orateur fait ici allusion aux scènes de désordre qui accompagnèrent l'arrivée à Rome du corps de Clodius.

— 6. *Adspexit me*. Il m'a regardé, il vient de me regarder. Sextus Clodius était présent.

— 7. *Movet me quippe lumen curiæ*. Jeu de mots qui fait allusion à ce que Sextus Clodius avait mis le feu à la salle du sénat en brûlant le corps de son patron. Le mot *lumen* s'emploie de la même manière que le mot *flambeau* en français. Ainsi on dit d'un homme qu'il est le flambeau du sénat, *lumen curiæ*. — Cette métaphore a cessé en français d'être approuvée par le bon goût.

Page 26. — 1. *Spoliatum imaginibus*. Les nobles Romains conservaient les portraits en cire de leurs aïeux; on portait ces images derrière les corps des membres de la famille qui venaient à mourir.

— 2. *Ille erat ut odisset*. Construisez: *Erat ut ille odisset*. Il y avait lieu pour lui de haïr, il était naturel qu'il poursuivît de sa haine.

— 3. *Reus enim Milonis.... quoad vixit*. Pendant qu'on s'occupait à Rome du rappel de Cicéron, Clodius avait attaqué à main armée la maison de Milon et celle du préteur Cécilius. Alors Milon cita Clodius en justice, en vertu de la loi *De Vi*, portée par le consul M. Plotius Serranus, l'an 664.

— 4. *Quum, mœrentibus vobis.... timendum fuit*. Voyez Plutarque, *Vie de Cicéron*, ch. XXX, XXXI et XXXII.

Page 28. — 1. *Ad regiam*. Le palais de Numa, selon les uns, et d'Ancus Martius, selon les autres, qui se trouvait sur la voie Sacrée.

— 2. *P. Sextio.... vulnerato*. Sextius avait reçu vingt blessures; il fut laissé pour mort par les esclaves de Clodius. C'est le même Sextius que Cicéron avait défendu.

— 3. P. Cornélius Lentulus Spinther, alors consul avec Q. Cécilius Métellus.

— 4. *Septem prætores*. Le huitième préteur était Appius Clodius, frère de P. Clodius, et qui se déclara seul contre Cicéron.

— 5. *Octo tribuni plebis*. Les deux autres étaient Sext. Atilius Serranus et Num. Quintius; ils avaient refusé de promulguer le décret qui rappelait Cicéron.

Page 30. — 1. *Capuæ*. A Capoue, où Pompée était duumvir avec Pison.

— 2. *In Cn. Pompeium... impetus factus est*. Clodius devenu édile cita Milon, et l'accusa du même crime dont il avait été accusé lui-même. Pompée voulut défendre Milon; mais à peine eut-il ouvert la bouche, que le parti de Clodius, éclatant en cris et en invectives, s'efforça de l'interrompre. L'affaire fut renvoyée, mais on n'en retrouve plus aucune trace.

— 3. *M. Antonius*. C'est le même qui fut depuis triumvir avec Octave et Lépide, et contre lequel Cicéron écrivit ses *Philippiques*. Antoine, fort jeune encore, s'était attaché à Cicéron, qui l'appuyait alors dans la demande de la questure. Voyez la seconde Philippique, XX.

Page 32. — 1. *Stata sacrificia*, sacrifices qui se célèbrent à jour fixe.

— 2. *Mercenario tribuno*. Ces mots désignent Q. Pompée, qui tint en effet une assemblée séditieuse contre Milon et Cicéron. Voyez ci-dessus, ch. X.

Page 34. — 1. *Dixit C. Cassinius.... et Romæ*. Clodius voulait prouver qu'il était à Intéramne la nuit même qu'on l'accusait d'avoir troublé à Rome le sacrifice de la Bonne Déesse. Cicéron, appelé comme témoin, déclara lui avoir parlé à Rome, trois heures seulement avant le sacrifice. Or Intéramne, aujourd'hui *Terni*, ville du duché de Spolette, est éloignée de Rome de quinze milles (quatre lieues et demie). Cassinius avait déposé que, le même jour, Clodius

4.

était venu chez lui à Intéramne. Cette déposition, quoique suspecte, pouvait cependant n'être pas fausse, puisqu'il ne fallait que quelques heures pour aller d'une ville à l'autre. Le mot, *eadem hora*, glissé adroitement en cet endroit, est une liberté de l'art oratoire, qui réduit le même jour à n'être que la même heure. GUEROULT.

— 2. *Arrius, meus amicus*. C'est sans doute le même dont il est question dans *l'Invective contre Vatinius*, ch. XII, et le fils de celui dont il est question souvent dans les Verrines.

— 3. *Occurrit illud*, cette objection se présente.

— 4. *Testamentum simul obsignavi*. Lorsqu'un citoyen romain faisait son testament, il devait appeler sept témoins, qui le signaient avec lui. Les héritiers signaient eux-mêmes, et pouvaient aussi servir de témoins.

Page 36. — 1. *Dum*. On lit généralement *quum*. Le sens est à peu près le même.

— 2. *Aricia*. Aricie, ville du Latium, sur la voie Appienne.

— 3. *Quod ut sciret Milo*, en supposant que Milon sût.

Page 38. — 1. *Id præsertim temporis*. On était alors au mois de février.

— 2. *In Alsiensi*. Pompée avait une maison de campagne près d'Alsium en Étrurie.

— 3. *Quid ergo erat moræ et tergiversationis?* Ernesti : *Quid ergo erat? mora et tergiversatio*.

— 4. *Comites Græculi*. C'était alors l'habitude des riches Romains de se faire accompagner par de jeunes Grecs, musiciens ou autres, qui habitaient chez eux.

— 5. *In castra Etrusca*. Le camp de Catilina, en Étrurie. Cicéron ne laisse jamais passer aucune occasion de reprocher à Clodius la part qu'il avait prise comme complice à la conjuration de Catilina.

— 6. *Virum a viro lectum*. Allusion à l'usage où l'on était, dans les dangers pressants, de faire des levées par voie de désignation individuelle. Chaque homme choisissait un homme, *vir virum legebat*, en sorte qu'on n'avait que des soldats d'élite.

— 7. *Mulier inciderat in viros*. *Mulier* est mis ici pour *homo effeminatus*. Dans Quinte-Curce, VIII, 1, Clitus dit à Alexandre: *Pater tuus in viros incidit, tu in feminas*.

Page 40. — 1. *Appius*, neveu de Clodius et accusateur de Milon.

— 2. *De servis.... nisi de incestu*. La loi défendait de mettre des esclaves à la torture, pour en tirer des aveux contre leurs maîtres, si ce n'est quand il s'agissait d'un *inceste*. Du reste, le mot latin *incestus* n'a pas le sens restreint du mot français *inceste*. On appelait *incestus* le commerce d'un homme avec une vestale, et même avec toute autre femme, si c'était dans un lieu sacré.

— 3. *Proxime deos accessit Clodius.* Cicéron joue sur le mot *accessit*, qu'il prend en même temps au propre et au figuré. — *Propius quam tum quum*, etc. Plus près qu'il ne s'en approcha le jour où il fut surpris dans le lieu même où l'on célébrait les mystères de la Bonne Déesse.

Page 42. — 1. *Cavesis*, prends garde, fais attention. Cette contraction s'explique de deux manières : *Cave, si vis*, ou bien *cavens sis*.

— 2. *Quœ oratio.* Milon rentra dans Rome à l'instant même où le palais du sénat était en flammes. Il adressa alors au peuple des paroles violentes contre les satellites de Clodius.

— 3. *Ejus* désigne Pompée.

Page 44. — 1. *Multi etiam Catilinam.... loquebantur.* « Beaucoup même faisaient entendre le nom de Catilina. » C'est-à-dire, beaucoup disaient que Milon allait renouveler la révolte de Catilina. — *Illa portenta*, ces attentats monstrueux de Catilina contre Rome.

— 2. *In villam Ocriculanam.* Milon possédait une maison de campagne près d'Ocriculum, ville d'Ombrie, sur le Tibre.

— 3. *Popa*, victimaire, sacrificateur de la lie du peuple, qui vendait à boire et à manger.

— 4. *De circo maximo*, du grand cirque. Là se réfugiaient les voleurs, les courtisanes, et tous ceux qui craignaient les poursuites de l'édile.

— 5. *Oppugnata domus C. Cæsaris.* César et Milon étaient ennemis; aussi lorsque César, devenu dictateur, rappela tous les exilés, il en excepta le seul Milon, qu'il nomma dans son décret.

Page 46. — 1. *Tam celebri loco.* César habitait alors une maison située sur la voie Sacrée.

— 2. *Te enim jam appello.* L'orateur termine cette première partie par une espèce de péroraison, où il s'attache à prouver à Pompée, mais avec beaucoup de ménagement, qu'il a été trop prompt à s'alarmer et à se laisser prévenir contre Milon. Il détruit les soupçons qu'il a pu concevoir avec tant de témoignages d'amitié et de respect; tout ce qui pourrait lui déplaire est tellement assaisonné d'éloges, qu'en servant sa cause il ôte à Pompée tout prétexte de s'offenser. Enfin il le prend par son propre intérêt; et ce motif est traité d'une manière d'autant plus remarquable, que nous y trouvons une prédiction claire de la rupture entre Pompée et César, dans un temps où ils paraissaient encore très-unis. GUEROULT.

— 3. *Quod si Miloni locus datus esset.* Milon avait demandé à Pompée une entrevue que ce dernier n'avait pas cru devoir lui accorder.

— 4. *Defensum in periculo capitis.* Voyez la note 2 de la page 30.

Page 48. — 1. *Satis armati.... fuerunt.* Dans les moments de crise, le sénat attribuait quelquefois aux consuls un pouvoir extraordinaire, qui ne devait pas durer plus longtemps que le danger. La formule (*versiculus*) était celle-ci : *Videant consules, ne quid respublica detrimenti capiat.* Salluste, *Catilina*, 30, nous explique ainsi la force de ce décret : *Permittitur exercitum parare, bellum gerere, coercere omnibus modis socios atque cives; domi militiæque, imperium atque judicium summum habere. Aliter, sine populi jussu, nulli earum rerum consuli jus est.*

— 2. *Contra hesternam concionem illam.* Voyez la note 2 de la page 6.

— 3. *Nec vero me.... movet.* Cicéron n'avait pas voulu établir sa défense sur le plan qu'on lui avait proposé. Cependant il ne le rejette pas tout entier. Après s'être habilement servi de toutes les circonstances pour démontrer, dans la première partie, que Clodius a été l'agresseur, dans la seconde il va plus loin, et soutient que si Milon a tué Clodius de dessein prémédité, il a rendu un service signalé à la république, et mérité des éloges et des récompenses.

GUEROULT.

— 4. *Non Sp. Melium.... non Tib Gracchum.* Voyez la note 3 de la page 8.

Page 50. — 1. *Nefandum adulterium.* On ne sait si cet adultère de Clodius avec la femme de César fut réellement consommé. Toutefois César répudia Pompéia.

— 2. *Cum sorore germana.... comperisse.* Plutarque, *Vie de Cicéron*, XXIX : « Lucullus produisit des servantes qui déposèrent que Clodius avait eu commerce avec la plus jeune de ses sœurs, femme de ce même Lucullus. »

— 3. *Qui civem, quem senatus, etc.* C'est de lui-même que Cicéron veut parler.

— 4. *Qui regna dedit, ademit.* Clodius avait vendu Pessinunte à un Gallo-grec, nommé Brogitarus, et lui avait décerné le titre de roi; il avait enlevé l'île de Chypre au roi Ptolémée.

— 5. *Partitus est.* Clodius avait donné la province de Syrie à Gabinius et celle de Macédoine à Pison: tous deux l'avaient aidé à chasser Cicéron.

— 6. *Singulari virtute et gloria civem.* Pompée.

— 7. *Ædem Nympharum.* C'était dans le temple des Nymphes qu'étaient conservés les registres des censeurs et les dénombrements.

— 8. *Ut memoriam.... exstingueret.* Clodius avait intérêt à anéantir les registres du cens, afin d'introduire plus facilement le désordre et la confusion dans les tribus, en y faisant entrer des affranchis et des gens sans aveu.

— 9. *Etruscos.* Clodius avait ravagé les forêts des Étrusques. Voir plus haut, au ch. X : *Servos agrestes et barbaros, quibus silvas publicas depopulatus erat Etruriamque vexarat*, etc.

— 10. *Q. Varium.* C'est peut-être le même qui est cité comme témoin dans la *Seconde action contre Verrès*, XLVIII.

— 11. *In lacu Prelio.* Ce lac était entre Rome et Viterbe.

— 12. *T. Furfanio.* Cicéron en fait encore mention dans ses *Lettres familières*, VI, 8.

— 13. *Qua invidia.... conflagrandum*, pour rejeter sur un tel homme tout l'odieux d'un assassinat.

— 14. *Appium fratrem.* Appius Clodius, qui fut depuis censeur avec L. Pison.

— 15. *Sororis.* Clodius avait trois sœurs: celle dont nous avons parlé plus haut (note 2 de la page 50); Térentia, mariée à Marcius Rex; et Clodia, mariée à Métellus Céler. Cette dernière « était surnommée Quadrantaria, parce qu'un de ses amants lui avait envoyé une bourse remplie de monnaie de cuivre au lieu de pièces d'argent. On appelle à Rome *quadrans* la plus petite monnaie de cuivre. » Plutarque, *Vie de Cicéron*, XXIX.

Page 52. — 1. *Medius fidius*, probablement, pour *Deus fidius me juvet.*

— 2. *Clamaret T. Annius.* « Cicéron me semble avoir choisi ses moyens en orateur habile, lorsqu'il a préféré de mettre cette assertion en hypothèse, et non pas en fait: elle en a bien plus de force. Il y avait quelque chose de trop dur à dire crûment : j'ai voulu le tuer, et je l'ai tué. Au lieu qu'après avoir présenté son adversaire comme

l'agresseur, comme l'insidiateur, on est reçu bien plus favorable-
ment à dire : quand même j'aurais voulu sa mort, il m'en avait
donné le droit. On parle alors à des esprits préparés, qui peuvent
plus aisément se laisser persuader ce qui aurait pu les révolter
d'abord. Cette progression dans les idées qu'on présente, et dans les
impressions qu'on veut produire, est un des secrets de l'art oratoire.
On obtient, avec des ménagements et des préparations, ce qu'on ne
pourrait pas emporter de vive force. Mais après toutes les précautions qu'il a prises, Cicéron paraît triompher, lorsqu'il dit: Si, dans
ce même moment, Milon, tenant à la main son épée encore san-
glante, s'écriait: Romains, écoutez-moi: oui, j'ai tué Clodius, etc. »
La Harpe, *Cours de littérature*, tome III.

Page 54. — 1. *Ut ea cernimus, quæ videmus. Cernere*, de χρίνειν,
voir distinctement. *Videre*, simplement *voir;* avoir l'organe de la
vue frappé par un objet.

Page 56. — 1. *Sed hujus beneficii....sibi deberi putant.* Ici l'orateur
fait disparaître l'accusé. Ce n'est plus Milon qui a tué Clodius, ce
sont les dieux qui l'ont puni. Milon n'a été que l'instrument de la
Providence, de cette Providence que l'univers annonce, et que personne ne peut méconnaître, à moins de fermer les yeux à la lumière
du soleil qui nous éclaire, et de voir, sans être frappé, le mouvement admirable du ciel et des astres, l'ordre et la vicissitude des saisons. Tout ce morceau sur la Providence est un des traits les plus
frappants de ce Discours, et fait autant d'honneur au philosophe
qu'à l'orateur. C'est donc à la Providence seule qu'il faut attribuer
un si grand bienfait; ce sont les dieux protecteurs de l'empire,
outragés depuis si longtemps par cet impie, qui l'ont puni eux-
mêmes. L'orateur, transporté par son enthousiasme, atteste et
invoque leurs autels. Il s'adresse à Jupiter lui-même. Ici se trouve ce
beau mouvement de l'éloquence, cette apostrophe vive et pathétique
que Quintilien cite comme un modèle, en parlant du style véhé-
ment : *Vos enim jam, Albani tumuli atque luci*, etc.

Si l'on considère le lieu où Clodius a perdu la vie (c'est devant un
temple de la Bonne Déesse, dont il avait profané les saints mystères), la manière dont ses satellites ont brûlé son corps (ils ne lui
ont pas même rendu ces tristes devoirs, ces derniers honneurs, que
des ennemis ne refusent pas à leurs ennemis), on reconnaîtra aisément les marques terribles du courroux des dieux : si, d'un autre
côté, on veut se représenter l'état affreux de la république, on

verra encore que ces dieux, en vengeant leurs droits outragés, ont sauvé la patrie que les hommes ne sauraient plus défendre contre ce furieux. GUEROULT.

— 2. *Nullam vim esse ducit.* Quelques éditions portent *majestatem* au lieu de *vim;* d'autres donnent *dicit* au lieu de *ducit.* D'autres enfin ajoutent *cœlestem* après *vim.*

— 3. *Neque in his corporibus.... tam præclaro motu.* La négation *neque,* placée à la tête de la phrase, exclut tout ce qui suit. Elle nie la vérité d'une proposition qui serait ainsi conçue: *Inest in nostris corporibus quiddam quod vigeat et sentiat, et non inest in hoc naturæ tanto, tam præclaro motu.*

Page 58. — 1. *Sociæ et æquales.* C'est près des collines d'Albe que Clodius avait été tué. Cicéron appelle les autels des Albains *sociæ sacrorum populi romani,* parce que tous les ans les Romains et les Albains se réunissaient pour immoler un taureau à Jupiter Latial. Ce sacrifice commun avait été établi par Tarquin le Superbe, en mémoire du traité fait entre Albe et Rome. — *Æquales,* du même âge, contemporains.

— 2. *Lacus.* Il y avait dans le Latium trois lacs : le lac *Nemorensis,* celui de Juturne, et le lac d'Albe, le plus connu des trois.

— 3. *Judicio illo nefario.* Cicéron veut parler du jugement qui avait absous Clodius, accusé d'avoir profané les mystères. Voyez la note 1 de la page 12.

— 4. *Ejus satellitibus.* Il s'agit sans doute ici de Sextus Clodius, de Munatius Plancus et de Q. Pompée. Voyez la note 4 de la page 24, la note 2 de la page 6, et la note 2 de la page 32.

— 5. *Sine imaginibus.* Voyez la note 1 de la page 26.

— 6. *Ambureretur,* il fut brûlé tout autour, seulement autour, à moitié. Cicéron a dit plus haut déjà, XIII : *Semiustulatum.... reliquisti.*

— 7. *Mortem,* employé ici pour faire antithèse avec *vita,* a le sens de *cadaver.*

Page 60. — 1. *Incidebantur jam.... addicerent.* Entre autres, la loi que Clodius préparait pour accorder aux affranchis le droit de voter non-seulement dans les tribus de la ville, mais encore dans celles de la campagne, où jusque-là n'étaient inscrits que les propriétaires et les citoyens les plus distingués.

— 2. *Hoc anno.* L'année où Clodius devait être préteur.

— 3. *Ipsum illum*. Pompée.

— 4. *Suos consules*. Hypséus et Scipion.

— 5. *Virum consularem*. Cicéron.

Page 62. — 1. *Ultor*. Un assez grand nombre d'éditeurs ont préféré *ustor*, qui est donné par quelques manuscrits.

— 2. *Insepulti*. La préposition *in* n'est pas ici négative. Il existe des exemples du verbe *insepelire*, ensevelir.

— 3. *Cœdi vidistis.... M. Cœlius*. Milon avait distribué de l'argent à la populace, que M. Célius, tribun du peuple, exhortait à prendre parti pour lui. Les partisans de Clodius dispersèrent l'assemblée et blessèrent plusieurs citoyens.

— 4. *Sed jam satis multa de causa*. Cicéron excelle dans ses péroraisons. Nul autre orateur n'a mieux su remuer le cœur par les doux sentiments de la compassion. Attendri et touché, il semble laisser aller son style, qui prend de lui-même cet air de négligence et de désordre, ce ton et ce langage de la douleur, si propres à toucher et à attendrir ceux à qui l'on parle. Mais il s'est surpassé lui-même dans la péroraison de la *Milonienne*. La contenance ferme et hardie de Milon pouvait indisposer contre lui quelques-uns de ses juges. Il n'avait point fait ce que les accusés avaient coutume de faire pour se les rendre favorables; il n'avait pris ni le deuil ni le ton d'un suppliant, il ne témoignait aucune crainte. L'orateur trouve le moyen de lui faire auprès d'eux un mérite de cette intrépidité même. Il emploie une comparaison tirée du spectacle des gladiateurs, où le public s'intéresse pour ceux qui s'offrent hardiment à la mort.

Cette fermeté de Milon ne permet pas à son défenseur de descendre à d'humbles prières. Cicéron le fait parler sur un ton de grandeur qui convient à son caractère. Comme l'exil était la peine à laquelle il pouvait être condamné, il exprime, en parlant de cet exil, les sentiments les plus nobles et les plus généreux, un zèle pour sa patrie, qui ne peut qu'intéresser en sa faveur. Dans ses paroles respire toute la fermeté d'une âme vertueuse, mais cette fermeté est douce: elle n'éclate point en reproches. Ce mélange de douleur et de fermeté excite en sa faveur le double intérêt de l'admiration pour la vertu, et de la compassion pour l'infortune.

Bientôt l'orateur prend pour lui-même le rôle de suppliant. Il faut se rappeler que Cicéron, qui plaidait la cause de Milon, était l'égal du président du tribunal, consulaire comme lui, et supérieur en dignité à la plupart des juges. C'est ce qui l'autorise à leur présenter sa douleur comme un objet qui doit les intéresser. Ce n'est donc plus pour Milon qu'il sollicite leur compassion, c'est pour lui-même. Il se peint comme le plus malheureux des hommes. Que dira-t-il à son frère, à ses enfants, qui voient dans Milon un second père? Ne pourra-t-il donc rien pour un citoyen qui a tout fait pour lui? Ne l'a-t-on rappelé lui-même dans sa patrie que pour lui porter un coup plus sensible que l'exil et la mort? Hélas! on le punit, parce qu'il a sauvé l'État. Ses larmes et ses gémissements étouffent sa voix, et, par un dernier effort, il implore la clémence, la justice et la sagesse de ses juges. GUEROULT.

Page 64. — 1. *Clodianis armis.* Clodius avait enrôlé, devant le tribunal Aurélien, tous les citoyens perdus de dettes et de crimes, ainsi qu'une multitude d'esclaves.

— 2. *Italiæ voces*, c'est-à-dire les acclamations qui saluèrent dans toute l'Italie le retour de Cicéron.

Page 66. — 1. *Hæc arma.* Les troupes qui environnaient le Forum.

— 2. *Etruriæ festos.... dies.* Les habitants de l'Étrurie avaient célébré des fêtes en réjouissance de la mort de Clodius.

— 3. *Centesima lux.... et, opinor, ultra quam fines.* D'autres éditions portent : *Centesima lux est hæc ab interitu P. Clodii, et, ut opinor, altera; qua fines,* etc.

Page 68. — 1. *Dimicatio.* D'autres lisent *diminutio.* Cette leçon n'offre pas de sens satisfaisant.

— 2. *Illa indicia communis exitii.* Nouvelle allusion à la conjuration de Catilina.

ÉVÉNEMENT DE LA CAUSE.

Quatre-vingt-un juges avaient écouté la plaidoirie. L'accusateur et l'accusé avaient chacun le droit d'en récuser quinze ; ainsi le nombre se trouva réduit à cinquante et un. Milon n'eut que treize suffrages pour lui ; mais il en eut un bien honorable, et qui seul pouvait être regardé presque comme l'équivalent de tous les autres ; ce fut celui de Caton. L'usage était de voter au scrutin ; Caton, qui se déclara pour l'accusé, donna son suffrage à haute voix. Velléius Paterculus pense que, s'il eût été un des premiers opinants, son exemple aurait entraîné un grand nombre de juges. *M. Cato palam lata absolvit sententia ; quam si maturius tulisset, non defuissent, qui sequerentur exemplum.* Vell. Pat., II, 47.

Le désastre de Milon fut complet. Après cette première condamnation, il en essuya trois autres, dans l'espace de peu de jours, à trois tribunaux, devant lesquels il ne comparut pas.

Sauféius fut jugé au même tribunal ; sa cause était plus mauvaise que celle de Milon ; c'était lui qui avait fait tuer Clodius, après avoir forcé l'hôtellerie où celui-ci avait été transporté après sa blessure. Cicéron prit sa défense et parvint à le faire absoudre.

Sextus Clodius, chef du parti contraire, fut condamné au bannissement, pour avoir brûlé le palais du sénat.

Les tribuns Pompéius Rufus et Munatius Plancus Bursa, lorsqu'ils furent sortis de charge, furent condamnés comme complices de Sextus.

Quatre ans après, pendant la guerre civile, l'an 705 de Rome, Milon essaya, de concert avec Célius, de soulever une partie de l'Italie en faveur de Pompée ; mais il périt bientôt à l'attaque de Cosa, petite ville du pays des Hirpins, où il fut atteint d'une pierre lancée du haut des murailles. (César, *de Bell. Civ.*, III, 22 ; Velléius, II, 68, etc.) GUEROULT.

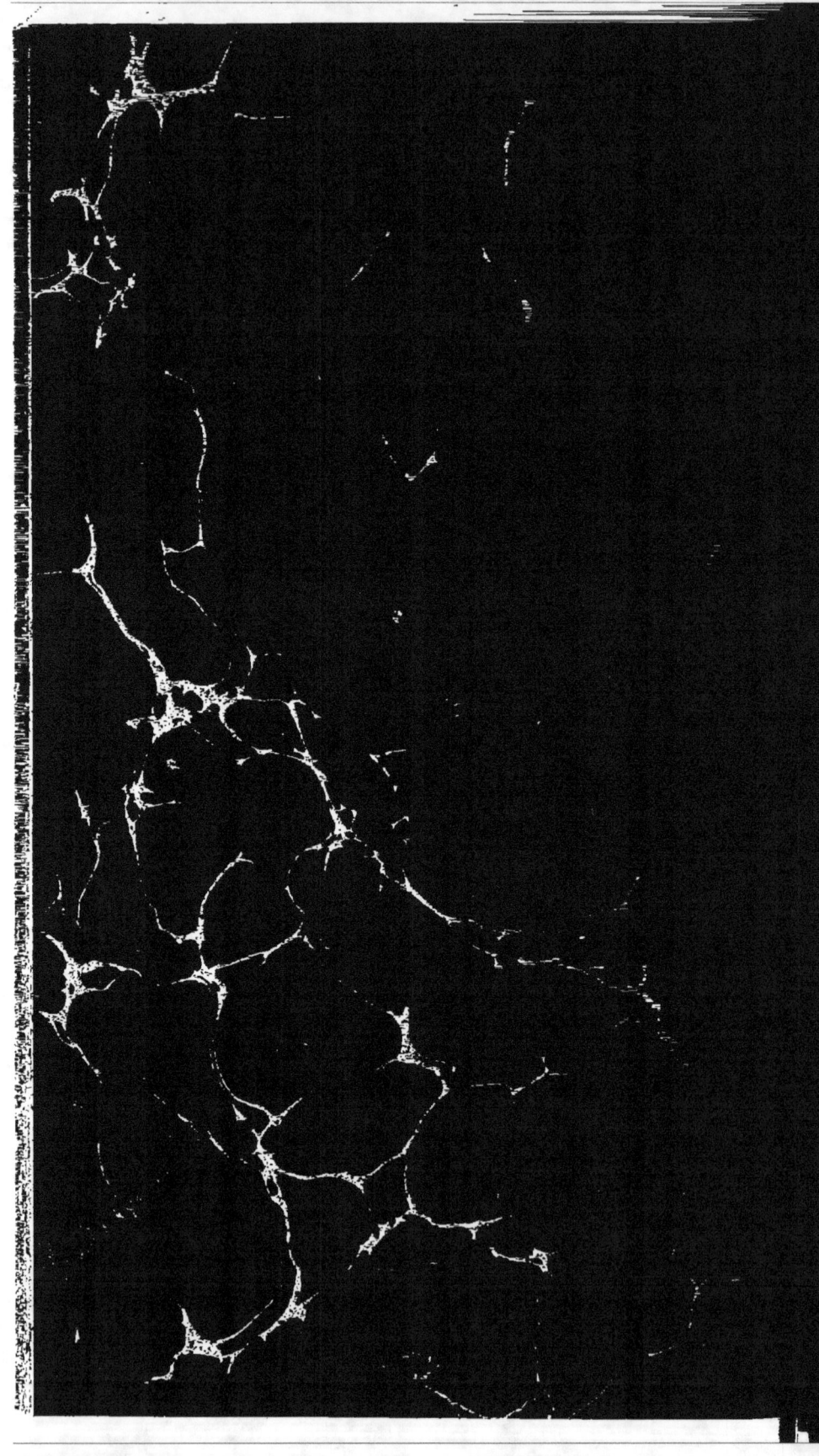

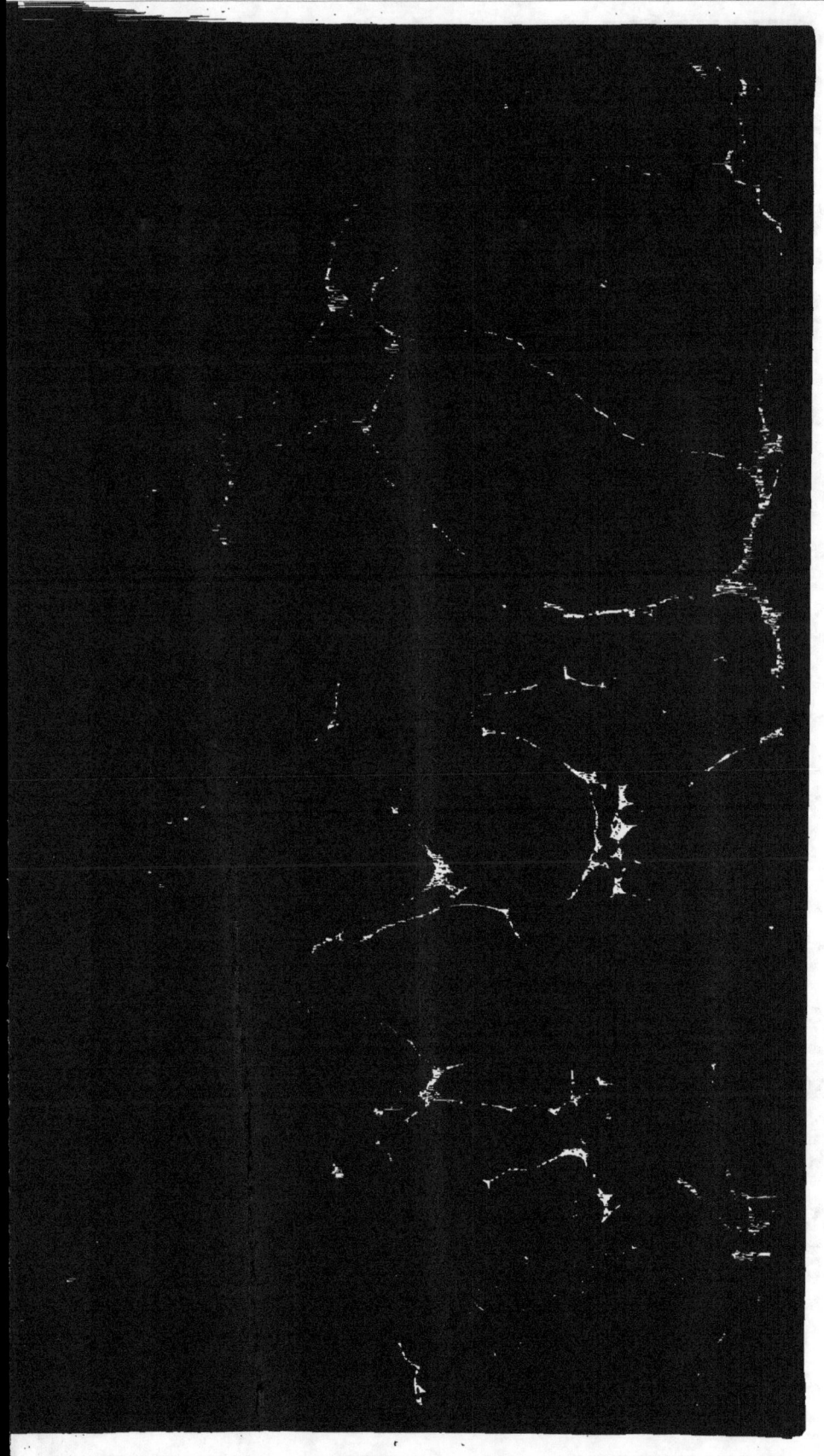

www.ingramcontent.com/pod-product-compliance
Lightning Source LLC
Chambersburg PA
CBHW060828250626
47162CB00005B/1988